人文
诗文书
散丛

商 震◎著

一瞥两汉

花山文艺出版社

河北·石家庄

图书在版编目（CIP）数据

一瞥两汉/商震著. 一石家庄:花山文艺出版社,
2020.1（2020.4 重印）
（"诗人散文"丛书）
ISBN 978-7-5511-4962-4

Ⅰ.①一… Ⅱ.①商… Ⅲ.①散文集－中国－当
代 Ⅳ.①I267

中国版本图书馆CIP数据核字(2019)第201657号

策　　　划：曹征平　郝建国

丛 书 名："诗人散文"丛书
主　　编：霍俊明　商　震
书　　名：**一瞥两汉**
　　　　　Yi Pie Liang Han

著　　者：商　震

责任编辑：郝卫国
责任校对：李　伟
装帧设计：王爱芹
美术编辑：胡彤亮
出版发行：花山文艺出版社（邮政编码：050061）
　　　　　（河北省石家庄市友谊北大街330号）
销售热线：0311-88643221/29/31/32/26
传　　真：0311-88643235
印　　刷：石家庄众旺彩印有限公司
经　　销：新华书店
开　　本：880mm×1230mm　1/32
印　　张：7.125
字　　数：135千字
版　　次：2020年1月第1版
　　　　　2020年4月第2次印刷
书　　号：ISBN 978-7-5511-4962-4
定　　价：48.00元

总　序

◎ 霍俊明

已经记不得是在北京还是石家庄，也忘了谈了几次，反正建国兄和我第一次提起要策划出版"诗人散文"系列图书的时候，我就没有半点儿犹豫——这事值得做。而擅长写作散文的商震兄对此更是没有异议，在石家庄的一个宾馆里，他一边吸着烟一边谈论着编选的细节。

"诗人散文"是一种处于隐蔽状态的写作，也是一直被忽视的写作传统。

美国桂冠诗人、1987年诺贝尔文学奖获得者约瑟夫·布罗茨基有一篇广为人知的文章《诗人与散文》，我第一次读到的时候印象最深的是如下这句话："谁也不知道诗人转写散文给诗歌带来了多大的损失；不过有一点却是可以肯定的，也即散文因此大受裨益。"此文其他的内容就不多说了，很值得诗人们深入读读。

收入此次"诗人散文"第一季的本来是八个人，可惜朵渔的那一本因为一些原因最终未能出版，殊为遗憾，再次向朵渔兄表达歉意。其间，我也曾向一些诗人约稿，但因为一些主客观原因，最终与大家见面的是翟永明、王家新、大解、商震、张执浩、雷平阳和我。

在我看来，"诗人散文"是一个特殊而充满了可能性的文体，并非等同于"诗人的散文""诗人写的散文"，或者说并不是"诗人"那里次于"诗歌"的二等属性的文体——因为从常理看来一个诗人的第一要义自然是写诗，然后才是其他的。这样，"散文"就成了等而下之的"诗歌"的下脚料和衍生品。

那么，真实的情况是这样的吗？

肯定不是。

与此同时，诗人写作散文也不是为了展示具备写作"跨文体"的能力。

我们还有必要把"诗人散文"和一般作家写的散文区别开来。这样说只是为了强调"诗人散文"的特殊性，而并非意味着这是没有问题的特殊飞地。

在我们的文学胃口被不断败坏，沮丧的阅读经验一再上演时，是否存在着散文的"新因子"？看看时下的某些散文吧——琐碎的世故、温情的自欺、文化的贩卖、历史的解说词、道德化的仿品、思想的余唾、专断的民粹、低级的励志、作料过期的心灵鸡汤……由此，我所指认的"诗人散文"正是为了强化散文同样应该具备写作难度和精神难度。

诗人的散文必须是和他的诗具有同等的重要性，而不是非此即彼的相互替代，两者都具有诗学的合法性和独立品质。至于诗人为什么要写作散文，其最终动因在于他能够在散文的表达中找到不属于或不同于诗歌的东西。这一点至关重要。这也正是我们今天着意强调"诗人散文"作为一种不同于一般意义上的散文的特质和必要性。

诗人身份和散文写作两者之间是双向往返和彼此借重的关系。这也是对散文惯有界限、分野的重新思考。"诗人散文"在内质和边界上都更为自由也更为开放，自然也更能凸显一个诗人精神肖像的多样性。

应该注意到很多的"诗人散文"具有"反散文"的特征，而"反散文"无疑是另一种"返回散文"的有效途径。这正是"诗人散文"的活力和有效性所在，比如"不可被散文消解的诗性""一个词在上下文中的特殊重力"，比如"专注的思考"、对"不言而喻的东西的省略"以及对"兴奋心情下潜存的危险"的警惕和自省。

我们还看到一个趋势，在一部分诗人那里，诗歌渐渐写不动了，反而散文甚至小说写得越来越起劲儿。那么，这说明了什么？说明他已经不再是一个诗人了吗？说明散文真的是一种"老年文体"吗？对此，我更想听听大家的看法。

我期待着花山文艺出版社能够将"诗人散文"这一出版计划继续实施下去，让更多的"诗人散文"与读者朋友们见面。

2019年秋于八里庄鲁院

目　录
CONTENTS

陈 胜 之 妄

前不久，看到一则消息：2018年4月23日上午，安徽宿州市埇桥区大泽乡镇正式举行更名挂牌仪式，原西寺坡镇更名为大泽乡镇，这意味着大泽乡起义旧址的地名终于得以恢复。消息中还有几段访谈，其中，宿州市委某位负责人说："西寺坡镇更名为大泽乡镇，不仅是对历史的尊重、传统的回归，也是对文化的传承、民意的顺应，有利于提升埇桥的知名度和影响力，同时也为大泽乡镇的发展注入新的动力、增加新的活力。"

据史料记载，1949年新中国成立后，大泽乡就更名为"西寺坡镇"。为什么改名，没找到解释。反正我们改了许多地名，都无须解释。但是，把"大泽乡"的名字改了，确实有些蹊跷。"大泽乡"这个地名不在了，陈胜、吴广的起义就找不到落脚点了呀。好在，现在又恢复了这个地名。

历史的事件，在某一时间、某一地点发生，在某一人物身上体现，都具有唯一性。不能掩盖和抹去，即使后世有可能被他人再现，也是被重复。大泽乡和陈胜、吴广起义绑在一起，就是历史的唯一性。

说到大泽乡，自然就会想到陈胜、吴广在公元前209年的那次起义。或者说，因为有那次起义，大泽乡这个地名就是无法消失的。关于那次起义，司马迁在《史记》中有一篇《陈涉世家》，不能说叙述得不够详尽，但是，司马迁是汉武帝时期的人，对陈胜的所有描述除了他看到过一些汉武帝之前的文字记载外，就是道听途说来的，再加一些司马迁个人的想象和判断。在《史记》中，司马迁的个人想象和判断几乎篇篇都有，这是无可厚非的。不带有个人想象和判断的历史记录是不存在的。谁记的史，就是谁的观点。没有完全像记企业收支流水账一样的真实的史实记录，这是史学界的共识。同样，我现在要说的陈胜，也是我对史实及陈胜的个人理解。

首先，我要质疑的是，陈胜是农民吗？他领导的起义是农民起义，还是组织的反政府武装？其次，这次"举事"是有预谋的，还是确因大雨阻隔而不得已为之的？各位看官，听我慢慢道来。

史记·陈涉世家

陈胜者，阳城人也，字涉。吴广者，阳夏人也，字叔。陈涉少时，尝与人佣耕，辍耕之垄上，怅恨久之，曰："苟富贵，无相忘。"佣者笑而应曰："若为佣耕，何富贵也？"陈涉太息曰："嗟乎！燕雀安知鸿鹄之志哉！"

这里司马迁只介绍陈胜是阳城人（阳城地属楚国），并没有说陈胜就是农民出身。描述了他当时在做雇农的时候是如何如何对农友们说自己的理想和感慨，而且文化不低。"苟富贵，无相忘。"可能是当时的口头语言。但是，"嗟乎！燕雀安知鸿鹄之志哉！"就不是当时的农民甚至读过几天书的普通人能说出来的了。

"燕雀安知鸿鹄之志"一句，经查，应该是语出《尸子》："鸿鹄之鷇，羽翼未全，而有四海之心。"《尸子》是战国时鲁国思想家尸佼所著。尸佼曾做过商鞅的老师，属战国诸子中的杂家。《尸子》这种书，在当时不是王族官宦、富贾名流是读不到的，而"鸿鹄之志"竟出自时为雇农的陈胜之口，我不禁怀疑陈胜在做雇农之前的身世。诸子百家的书，都在秦始皇焚书之列，《尸子》也是必被焚毁之一种。也就是说，秦始皇焚书坑儒之后，这种书在民间是很难找到的。那么，陈胜是什么时候读到的《尸子》？在秦始皇焚书之前还是之后？秦灭楚时，曾杀了大批楚国的贵族和上流社会的人士，试猜想，陈胜有没有可能是楚国贵族的后代，在楚国做贵族公子时受过教育，读过诸子百家的书呢？如果陈胜是楚国贵族的后代，那么他和秦是有国恨家仇的，他组织反秦武装是理所当然的。所谓大雨阻隔不能如期，"失期，法皆斩"完全是借口。

1975年，在湖北曾出土过秦朝的相关法律《睡虎地秦简》，其中记载："御中发征，乏弗行，赀二甲。失期三日到五日，谇；六日到旬，赀一盾；过旬，赀一甲。"读了当时的法律，我们知道，迟到十天也只不过罚造一件盔甲而已。就算不去，也就罚造两件盔甲罢了，哪来的"失期，法皆斩"？这种说法的目的就是蛊惑九百农民"举大计"，并喊出口号"伐无道，诛暴秦""王侯将相宁有种乎"。同时，进一步陈述利害："今亡亦死，举大计亦死；等死，死国可乎？"这九百个农民是朴实的，做徭役是无奈，但也是为了混口饭吃，对陈胜"举大计"还是将信将疑。农民嘛，就是一条法则，谁让我一家老小吃饱穿暖，无生存之忧，我就说谁好。但是，反政府却不是农民的主观愿望，因为起义暴动弄不好是要掉脑袋的。陈胜、吴广已经杀了两个监军，可这九百个农民还在犹豫之中，他们就开始装神弄鬼，借助神鬼的力量来驱使农民们。先是把写好的"陈胜王"的白绸布条塞进鱼肚子里让农民们吃到，再让吴广学狐狸叫，喊出"陈胜王"。这时，农民们觉得"陈胜王"是天意，才下定决心跟着"举大计"。还有可能的是，农民们感到了来自陈胜、吴广的威胁，估计不跟着"举大计"也不会得好。

　　据野史记载，陈胜、吴广举事前曾去找一个算卦先生，那时算卦先生称作"日者"。算卦先生问："二位屯长有何事找老朽？"陈胜说："我们欲举大计，拉队伍反秦。如何？"这位须发皆白、仙风道骨的算卦先生听了，内心惊恐，但做镇静状。他取出一块龟甲，钻孔，烧灼……"噗"的一声，孔口现出了小小的裂纹。老者端详许久，道："足下举大事，皆有功成。不过，还须拜问鬼神！"陈胜、吴广回到营帐，回味算卦先生的话，心中暗喜不已。吴广道："何以拜问鬼神？"陈胜答道："什么拜鬼神！老头儿不过是暗示我等要以鬼神威服众人。就是……装神弄鬼呗！"

顺便说几句，古时算卦分两种：一种是以牛骨、龟甲钻孔烧灼，观察裂纹，以了解鬼神的警示；一种是用蓍草来测吉凶。据说，烧牛骨、龟甲已经没人再用，而用蓍草占卜的还有人在。河南汤阴羑里城里（周文王演"易"的地方）有一块地就种着蓍草。

陈胜、吴广的起义队伍很快就获得了成功，并得到各地的响应。因陈胜、吴广的起义，原来被秦灭掉的六国纷纷自立，各地起义的浪潮席卷全国。但是，当陈胜、吴广占领了陈县之后，不听各路义军的劝阻，陈胜就自立为王了，设国号"张楚"。修起了宫殿，做起了皇帝。不再继续领导"伐无道、诛暴秦"了。我不能说这是陈胜们智力上的不成熟，但绝对是政治上的不成熟。此时的陈胜暴露出来的是狭隘农民的本色，也是中国农民的狭隘传统。小富即安，能舒服一会儿算一会儿。最可笑的是，当年陈胜在种地时对农友们说"苟富贵，无相忘"的誓言，可当他坐在宫殿里，当年的农友来找他时，他不但忘了，还把听到他说"苟富贵，无相忘"的农友杀了。中国有句老话叫：揭底怕乡亲。估计陈胜怕当初的农友说出他做雇农时的身份或者种地时的丑事，就把找他来"无相忘"的农友杀了。誓言不可信啊，无论是情场、商场、官场。一起受苦时的人，说什么都可能是真的。一旦发达了，穷朋友就不要相信他在受苦时发过的誓言了。有苦同受易，有福共享难。

陈胜、吴广有预谋、有准备地揭竿而起，以反秦、伐无道为宗旨，刚获得一点儿成功，自己就想当皇帝，享受奢靡。并不是因为他们当初真的苦惨了、穷怕了，想急于过上好日子，是他们无胸怀、无远见、无天下。小格局的人做大事，势必走向无道。无道是绝路。

陈胜的"张楚"国，很快就灭亡了，陈胜也被他的驾驶员（车夫）所杀。但是，各地的反秦斗争汹涌而起，势不可挡，很快秦朝也灭亡了。接下来就是另外两支反秦暴动的武装力量之间的楚汉之争，再接下来就是汉朝的建立。这些都是后话，此文不赘。

司马迁在《史记》中，凡是与秦有关的文字，都极力地说其"暴"和"无道"，目的就是让汉朝合法地出场。可以理解，司马迁是汉武帝时期的人，他敢对汉朝的出场有一句说得不当，遭受的惩罚就不止是宫刑，该是腰斩了。

吕文之相

　　吕文这个名字太普通了，任何时期把名叫吕文的人聚集在一起，也能装满一火车。人的名字嘛，就是个符号，简单点儿的易记、易写，普通点儿的还可以隐于市。

　　我要说的吕文，其本人也许算是普通，但真不简单。他生活于秦朝末年，单父人，单父就是今天的山东单县。吕文原本是当地的一个富豪，因与人结仇，为避祸举家迁往沛县。当时的沛县县令是吕文的至交好友。

　　吕文到了沛县，借县令之势办了一个乔迁大宴，沛县政府官员、富豪乡绅均送贺礼前来赴宴。办宴席简单，收贺礼安排座位却是件麻烦事儿，县令就把这事儿交给了当时县政府的"秘书科长"萧何。

　　萧何聪明，为了让县令高兴就临时定了规矩，送贺礼不足一千铜钱的都坐到堂下去吃饭，也就是坐到大厅去；一千铜钱以上的人，才能进包厢。这个规定让当时的一个小吏、泗水的亭长（也就是乡镇公安派出所所长）刘邦很生气，就跑过来故意搞怪。他分文不出，却在礼单上写："贺礼一万。"萧何虽然瞧不起刘邦这样的人，但也不敢惹他，就把这事儿告诉了吕文。吕文听说后心生怒气，心想，一个乡镇派出所所长，竟敢在县太爷坐镇的宴席上撒野，难道想到我这儿收保护费？他带着怒气出来要把刘邦赶走。可是一见到刘邦，倒吸一口凉气："我的妈呀！这人咋长成这样！"刘邦长得啥样？司马迁在《史记》上说，刘邦"隆准而龙颜，美须髯，左股有七十二黑子"。"隆准"就是高鼻梁，可能还是蒜头鼻。"龙颜"不好解释，不能说面部长得像龙。但是"龙颜"这个词，自从有了皇帝之后就一直被沿用，用烂了也用。估计司马迁也不知道刘邦长什么样，那么刘邦是皇帝，皇帝的面目嘛，就是"龙颜"吧。接下来就很具体地说刘邦是一脸大胡子，存疑的是刘邦左腿有七十二个黑痣。司马迁肯定是看到西汉时的一些史料和传说写入《史记》的，但吕文是不可能一眼就看到刘邦腿上有黑痣的。《西汉演义》上如是说："吕文见邦状貌，甚奇之，常曰：刘季虽贪酒好色，人多轻之，但时未遇耳！若一发迹，其贵不可言。"遂请其入包厢就餐，后来吕文再邀刘邦到家吃饭时，就对刘邦说：我会看相，你相貌非凡，将来是不得了的人物！并说：我把二女儿吕雉给你做媳妇，你可不能推辞啊！

刘邦被吕文的真诚、热情、面相学、忽悠术给弄懵了，心说：我还能富贵？还能做人上人？之前刘邦从来没想过要大富大贵，更不会想将来要当皇帝。但是，若真能像这吕老头儿所言，我富贵了，做人上人了，岂不更自由地纵横酒色、呼朋唤友吗？好！然后揖手一拜说：吕大叔，您的话我信了，将来我富贵了不会忘了您。只是您这女儿嘛，我不敢娶。刘邦确实没想过要结婚，那时他已经有一个非婚生子刘肥了。他礼貌地对吕文说："吾有三事未立：第一，幼而失学；第二，力弱无勇；第三，贫不能自赡。有此三事，岂敢屈公之女耶？"刘邦说的这三件事是真实的，不是推托。但吕文深信他的看相本领，对刘邦说："吾意已决，愿君勿阻。"

吕文究竟懂不懂面相学？面相学是否真的有这般神奇？我还真不敢冒失。不过，在生活中确实看到了人的面相有差异，善相有善举，佞人有恶为。"君子坦荡荡"就不多说了，君子就是说话清澈，面目透亮、举止磊落；而一些猥琐之人的面相，也容易辨识，比如目光游移，表情晦暗，皮笑肉不笑，脸上透着阴气，等等。但是，貌似君子而内心卑鄙的人，就不是我们这些肉眼可以看出来的了。米兰·昆德拉说过一句话，原文我记不准了，大意是：令人作呕的不是他的相貌丑陋，而是他戴着的漂亮的面具。

若说吕文看了刘邦的面相，嫁对了一个女儿是偶然，或说是传奇都可以理解，历史故事嘛，大多是不可考的传说。重要的是吕文又给一个人看了相，又嫁出一个女儿。

沛县人爱吃狗肉，于是杀狗的屠夫就比较多。其中有一个杀狗的屠夫叫樊哙，来找刘邦喝酒，被吕文看到了。《西汉演义》如此描写："吕公相其人，身材凛凛，相貌堂堂，声若巨雷，暗想此人一盛世诸侯也。"这吕文看相，与摆地摊看相的不一样。摆地摊的人常说的是：天庭饱满，地阁方圆，鼻直口阔，双耳垂轮，等等。而吕文只看这个人的身体强壮，五官周正，说话声音大，就认定将来要当诸侯。于是，邀其喝酒，开口就说："请问君有内助否？"哙曰："某少贫贱，无父母，尚未有配。"吕文说："我有个女儿已经许配给刘邦了，还有一个在家，就许配给你了。"樊哙虽是糙人，此时也会想：这个老吕头儿，家境很富裕，还和我们县长有勾搭，怎么就想把女儿嫁给我们这些不着调、不靠谱的穷光蛋呢？不会是女儿长得太丑或有啥缺陷吧？刘邦看出了樊哙的心事，就劝道："这个老头儿会相面，看出来咱俩将来能保护好老婆孩子，你就不用推辞了。"

就这样，吕文通过相面，认了两个女婿。而且，真被他相准了，刘邦真做成了人上人，当了皇帝。樊哙追随刘邦一路厮杀，也真做成了舞阳侯。刘邦死后，吕雉主政，樊哙的老婆吕媭也封了侯，还开启了外戚专权的先河，吕氏家族一时鸡犬升天。

吕氏家族，权倾朝野，也真是风光了几十年。至于后来被刘氏集团所灭，那是另外的话题。历史进程的轨迹本来就是这样：一个族群放肆地疯狂过后，就是惨烈的灭族之灾。

我曾买过一本《麻衣神相》，读的时候字面意思懂了，但不会操作。拿着书对着镜子自观自相，发现没几样能和现实中的我对应得上，看来单凭书本知识是得不出真知的。

吕文的相面术有多高深，不可查考，能看到的记载就是给刘邦、樊哙相过面，而且相得都很准。不能说吕文是碰巧了，应该说，是吕文的社会经验帮了他，他相信：相由心生。

项羽之仁

  司马迁在《史记》中，把《鸿门宴》一章写得十分精彩。鲁迅先生说的"史家之绝唱，无韵之离骚"，我想，大多是缘于《鸿门宴》这一章。

  众所周知，司马迁写《史记》是四处采访、道听途说得来的史料。据史料记载，正是司马迁采访了樊哙的孙子樊他广，才得以完成《鸿门宴》一章。我们首先要坚定地相信"鸿门宴"这件事确实发生过，然后，再确认《鸿门宴》这一章是司马迁创作的。这一章在《史记》中文学性最强。毫不讳言，我读《鸿门宴》就是当小说读的。

  文学创作要有一定事实依据，这是常识。"鸿门宴"的事实依据就是樊他广的口述和民间流传的一鳞半爪。我甚至猜测，樊他广给司马迁讲述时，就掺和了他的主观的感情色彩，已经进行了一次口头创作。因为樊哙究竟和他孙子讲了多少现场的情况不得而知，更重要的是，以樊哙当时的身份，能知道多少"鸿门宴"的内幕？

《鸿门宴》只有是以事实为依据的文学创作，才是史家绝唱。我不想讨论《鸿门宴》这一章的史学或文学问题，我想谈谈项羽集团经过了那么多策划、费了那么多周折，摆下了"鸿门宴"，为什么没杀成刘邦。

项羽是贵族出身（这个贵族不是今天的某某某拥有的财富数字，也不是官至几品），家教良好，知书达理。刘邦是没落地主家的浪荡子弟，读书不多，却颇懂江湖。

"鸿门宴"上，项羽集团的人都刀出鞘、弓满张、箭在弦，唯项羽没有下定决心。首先，项羽是贵族，是讲感情的，所以项羽对刘邦讲起了感情，毕竟他们曾经是结拜兄弟，那个时候的结拜兄弟常常比一奶同胞还亲。其次，刘邦肯来谢罪，对他服软，项羽又觉得再杀他无甚道理了。项羽没有把刘邦当作政治上的对手，而把刘邦当作一个无罪之人。把政治上的竞争对手当作无罪之人，是政治弱智，是政治家的妇人之仁。所以，项庄手上的那把剑一直没有刺到刘邦。刘邦捡了条命。不！刘邦捡了一个汉朝。

按说，政治家首先是不能太有感情、不能按道理行事的。懂道理、讲感情是做个普通好人的标准，不是政治家的标准。政治家讲的是利益，只要能夺得政权、巩固政权，什么手段都可以用，什么背信弃义的事都可以做。但那时的项羽还不是政治家，讲感情、讲义气、讲道理，尤其是不能识破刘邦身上的无赖本性，没能识破刘邦在他面前装孙子是为了换回小命，回头要消灭他。可以设想，如果"鸿门宴"中把项羽和刘邦的角色互换，项羽会活着出来吗？肯定不会。汉朝建立后，刘邦的所作所为，已经证明了刘邦是个无情、无义、无理的政治家加流氓、无赖（当然了，流氓、无赖本来就是政治家应该具有的习性）。

我不是说政治家都不讲感情、不讲道理，处处要无赖，而是说政治家的感情和道理是分对象的，耍无赖也是要讲对象的。面对竞争对手，必须无情、无理、耍无赖，而且要处心积虑置对手于死地，所使用的手段可以无所不用其极。

政治家的世界是另一个世界，是普通百姓无法想象的。

我说项羽是不成熟的政治家，是因为他用俗世好人的感情和伦理来面对竞争对手。当刘邦单身脱逃后，亚父范增一声长叹，对项羽说：你这个小子呀，不值得我给你出谋划策啊，将来与你争天下的必是这个刘邦。我们就等着做刘邦的俘虏吧。

那时的项羽确实年轻，才二十六岁，而刘邦已经五十岁了。除了年轻外，项羽还刚愎自用。政治家肆意地放大自己的身形，就会忽略对手的韬光养晦、卧薪尝胆。刚愎自用是政治家给自己挖的陷阱。

项羽失去了"鸿门宴"上杀刘邦的机会，最后导致乌江自刎。那年，项羽仅三十岁。

有人说，项羽是无颜见江东父老，我相信。讲感情的人都讲颜面，有虚假的自尊。如果项羽是个真正的政治家，就不会有什么"无颜"一说，回江东召集兵马，重整旗鼓再与刘邦拼争就是了。

　　在项羽自刎前，有这样一个有趣的场景。刘邦的五位骑兵将领追杀他，其中之一叫吕马童，曾经在项羽集团工作过。项羽看到吕马童追到眼前，对吕马童说："听说刘邦要用千两黄金买我的人头，还封万户侯，我把这个好事给你吧！"然后，拔剑自刎。看看，死之前还要做一次俗世好人。

陈仓之度

　　"明修栈道，暗度陈仓"是韩信归附刘邦后指挥的第一次战役，也是刘邦统一天下的开端之战。

　　韩信当初在项羽的帐下不受重用，仅是个执戟官，也就是个刀斧手。而且，亚父范增多次对项羽说：韩信这小子有大才，要么重用，要么杀了，别让他人所用。项羽不听，认为韩信出身低微，是钻过别人裤裆的"胯夫"，很看不起他。韩信也曾献策给项羽如何抑制刘邦，项羽更是不在意。最后张良、萧何一起把韩信举荐给刘邦，拜为元帅。韩元帅出兵的第一战就是"暗度陈仓"，这一战，刘邦的军队如从天而降出奇制胜，夺取三秦之地，开启了统一全国的大业。

　　韩信确实是位有才干的军事家，而"暗度陈仓"是他蓄谋已久的事，或者说是韩信被憋了很久以后证明自己的一次战役。此后的韩信在战场上运筹帷幄、闪转腾挪、风生水起、如鱼得水，最后逼死项羽，帮助刘邦建立了汉朝。这里就不多说了。当然了，项羽之楚灭，并不全是韩信、刘邦集团的力量所致。有道是仁不以勇，义不以力。历史的规律是：顺德者昌，逆德者亡。项羽，滥杀无辜，不恤百姓，背德者也。

"明修栈道，暗度陈仓"现在已经是尽人皆知的成语，故事是源于韩信伐楚。但是，成语的形成却是在元代。元代戏剧家尚仲贤写的《气英布》第一折："孤家用韩信之计，明修栈道，暗度陈仓，攻完三秦，劫取五国。"也就是说，成语是后人总结出来的，或者是后人把它经典化的。我们的许多成语都是这样完成的。历史只管提供经验和故事，后人不断地去验证，去完善，最后被经典化，甚而成为普遍真理。变为成语的"明修栈道，暗度陈仓"，就不再拘泥于韩信伐楚的战事了，而有了更为广阔的使用空间，有了更多的意指。仅"暗度"二字，已被后人用得花样翻新。其实，"暗度"是人获得活得自在的一些基本技术，是基础智慧。不信，你问问自己，"暗度"过否？再看看身边的那些人，哪个未曾"暗度"过？活佛仓央嘉措，写过这样的诗句：一个人需要隐藏多少秘密，才能巧妙地度过一生……

我认为兵书战策，人人都该读一些。政治家、军事家读兵书战策是为了攻击敌人、攻城略地，咱老百姓是为了更好地"知己知彼"、保护自己。

有一则谜语，谜面是：夜游宝鸡。打一则成语。谜底是：暗度陈仓。也就是说，宝鸡市原名陈仓。无论怎样考量，宝鸡也不如陈仓的名字好。但是，在一千二百多年前就被一个混蛋皇帝给改了，而且一改就改定了，当时是"圣命不可违"，可是后来也无人愿意把宝鸡改回陈仓了。

陈仓是座古城，早在秦文公四年（前762年），秦在"千渭之会"（今眉县附近）建立国都，并在那里建了一座城，称为"陈仓"。公元755年，安禄山起兵叛乱。756年叛军攻破洛阳、潼关，直逼长安。唐玄宗仓皇西逃，途经马嵬坡，遭卫队兵变，逼迫唐玄宗杀杨贵妃和杨国忠，然后才保护他逃往成都。玄宗无奈忍痛杀了杨贵妃等杨家一干人等，心绪低落，惶惶不可终日，恰好走到陈仓。正在这时，听到两只山鸡鸣叫，突然天降冰雹，倾泻不停，连砸带阻使得叛军溃退而去，由此救得了玄宗的性命。玄宗因而感叹："陈仓，宝地也；山鸟，神鸡也。"于是，亲自提笔写下：神鸡鸣瑞。同时将陈仓改为"宝鸡"。就这样，陈仓变成了宝鸡。当然，后来在763年，唐政府以宝鸡为根据地，召集各路人马，平定了安史之乱。

我猜想，唐玄宗到了陈仓，发现自己已无任何心事可以暗度了，一个皇帝到了一切都在他人掌握之下的时候，最恨的事就应该是"暗度陈仓"。于是，借山鸡之鸣，改陈仓为宝鸡，意欲改改当时的晦气霉运。没听说哪个皇帝会责怪自己因荒淫无度导致国破家亡、黎民涂炭的，都是责怪他人"暗度陈仓"，不忠于国。皇帝们的事情咱们老百姓不好妄加评论，只是根据历史事件和史学家的言辞，妄加猜度而已。

但是，宝鸡这个名字被命名了一千二百多年的城市，并不会淹没陈仓（宝鸡市现在有个陈仓区），陈仓这座古城仍然是不会被忘记的。那个经典的战例在，那则被后世广为沿用的成语在，陈仓就永远在。

纪 信 之 替

随一个作家团到四川西充县采风。西充县是南充市下辖的一个县。西充名字的由来根据"西充"二字就可以判断。春秋时期，巴蜀地区（含现在的四川地区、一部分陕西和甘肃地区）有三个国家，巴国、蜀国和充国，也是"三国鼎立"，充国之南是南充，充国之西就是西充。后来，充国最先被灭掉。春秋时期的事，这里就不多说了。

西充县有一个很大的广场，叫"忠义广场"。广场中央矗立着一组故事性很强的雕像，讲的是秦末纪信"诳楚存汉"的故事。按照现在的行政划分，纪信是西充人，所以这组雕像立在西充，经常听到现在的人们口口声声"人心不古"的慨叹，我想：所谓的"古"，应该是儒家的"仁、义、礼、智、信"和"忠孝廉耻"。而这里要"复古"，广场叫"忠义广场"。

纪信原本是赵国人，也就是今天的河北人，是什么时候、怎么迁徙到四川去的，历史没有记载。我甚至没有找到纪信究竟是出生在河北还是四川。生年不详，出生地不详，由此可以断定，纪信不是名门望族的后代。有史料称，纪信出生在当时的阆中县紫岩乡扶龙村（此地现为西充县）。好吧，在没有其他地方提出异议的情况下，我们就认可吧。

史料上说，纪信秦末时参加了刘邦的起义队伍，此种说法我存疑。我更相信纪信是在刘邦做汉中王时投奔的汉军。纪信在死前仅是个"部曲长"，这个"部曲长"是个八品官，也就是现在的科级干部。如果纪信是在刘邦起义之初就跟着刘邦，不可能是这么小的官级。也有一种民间传说，纪信作战勇敢，但是嘴不好，是碎嘴子，凡事喜欢带着怨气地嘟吧嘟。民谚俗语有一句"噘嘴骡子卖个驴价钱"，指的就是常常嘟吧嘟的人。因为刘邦不喜欢嘟吧嘟的人，所以就一直不重用纪信。我认为这是民间口头文学，纪信若是常常带着怨气地嘟吧嘟，早就被刘邦杀了，八品官也混不到。司马迁在《史记》中提到过纪信两次，一次是《鸿门宴》，纪信仅是个随从侍卫，另一次就是我要说的"诳楚存汉"。

刘邦被项羽的部队围在荥阳，外无救兵，内无粮草，危如累卵。项羽喊话刘邦："再不投降，即刻攻城，城破之时就是你刘邦丧命之日。为了不残害百姓，你赶紧投降！"刘邦听了项羽的喊话，真的是接近绝望了，此时纪信来到刘邦面前嘟吧嘟地献上一计，说："大王啊，咱俩长得很像，我代替你去投降项羽，你化装成百姓逃离。"刘邦说："你这是送死啊！"纪信说："我死了，就是死个军士；你是汉王，你死了，汉军怎么办？这些跟着你东拼西杀的弟兄们怎么办？"估计此时刘邦已经泪湿胸襟了。于是，喊来陈平，给项羽写降书，约定第二天晚上掌灯时分，出东门投降。

许多史料都认可，纪信长得像刘邦（但纪信并不是刘邦故意养的替身）。而纪信在最关键的时刻，使用了与刘邦长相相似的特点，要求替刘邦出城投降，或者去送死。影视剧演员经常有替身，那个替身是为了赚钱，许多政要、财阀也有替身，那是让替身替自己死。纪信替刘邦赴死是主动的，不是上面说的几种替身的情况。能够解释纪信替身行为的只有"忠义"二字。那时刘邦还不是皇帝，而且能不能当上皇帝刘邦自己心里都没谱，众人也不会看好刘邦会当上皇帝，没人敢押宝在刘邦身上，纪信替身刘邦时，刘邦能不能活下来都是未知数，而纪信用自己的命去抵押，不是押宝刘邦能当上皇帝，押的是作为人的基本素养"忠义"。忠，是忠于带头人，忠于这支队伍或忠于这个集体；义，是对带头人的厚义，对这个集体的情义；义是置自家生命于度外的勇气，是生如沧海死如虹的英雄气。

纪信被项羽烧死了，刘邦随着百姓逃跑了，这才有了楚汉之间的继续争斗，最后才有了四百年的汉朝。

刘邦当皇帝后，没忘了纪信，封纪信为"安汉公"，并以纪信的家乡紫岩乡为中心重新划了一个县，叫"安汉县"。"安汉县"历经几个朝代的不断划分，现在紫岩乡属于西充县。于是，西充县是纪信的故乡，西充县在做城镇文化建设时，建造了"忠义广场"。

忠义，本是中华民族的精神脊梁，失去了忠义，这个民族将是一盘乱沙子。可是现在，"忠义"这个词被挂在嘴上者多，真去践行者少。但愿纪信及"忠义广场"能对修补民族精神起到一定的作用。

萧何之变

元代的马致远有一首元曲《蟾宫曲·叹世》，词如下：

> 东篱半世蹉跎，竹里游亭，小宇婆娑。有个池塘，醒时渔笛，醉后渔歌。严子陵他应笑我，孟光台我待学他。笑我如何？倒大江湖，也避风波。

> 咸阳百二山河，两字功名，几阵干戈。项废东吴，刘兴西蜀，梦说南柯。韩信功兀的般证果，蒯通言那里是风魔？成也萧何，败也萧何，醉了由他。

这首词不是哀叹韩信，也不是调侃萧何，是说"功名"二字害人。我不是要谈这首词如何，只是说这是我在诗词中最早看到"成也萧何，败也萧何"这句话的。当然，比马致远早一些说出这句话的是宋代的洪迈在《容斋续笔·萧何绐韩信》中："信之为大将军，实萧何所荐，今其死也，又出其谋，故俚语有'成也萧何，败也萧何'之语。"因为阅历有限，更早说出这句"俚语"的是谁，我就无能为力了。不过这句论断，在今天还在不断地被演绎着并衍生出许多新意。

"成也萧何，败也萧何"，其故事内容大家都是熟知的，萧何和韩信也是大家耳熟能详的。正史上有较详细的记载，野史妄说也不少。我就看到一个民间的评话本《萧何月下追韩信》，文中把民间的智慧和乡间段子都汇集其中。比如：韩信走了，萧何让手下人去追，一会儿去追的人就回来对萧何说：没看到什么人啊，就看到一个傻子。萧何说：那人怎么傻？追的人说：他顶（迎）着风撒尿。萧何说：赶紧去追，这人就是韩信。再一会儿追的人又回来了，说：没看到什么人，又看到一个傻子。萧何又问：怎么傻了？答：他倒躺在坟头上（头朝下）睡觉。萧何说：你们这群傻子，我去追吧！

这些显然是田间地头的笑话被编进《萧何月下追韩信》的故事里了，以增强娱乐性。

关于萧何，大概不该有什么争议了，"汉兴三杰"之一。换句话说，没有萧何，就不会有刘邦的汉朝。作为政治家，萧何是出色的。但是，究其为人处事，似乎过于圆滑，过于懂得见风使舵了。或许也可以用政治术语理解为：识时务者为俊杰。嗐，所谓"识时务"，就是善变而已。

萧何在做沛县小吏时，十分看不起刘邦。当刘邦啸聚一队人马在芒砀山势力不断壮大时，他又不断地联系、资助刘邦，唯恐刘邦势大了殃及自己。陈胜、吴广起兵反秦，各地都在响应，沛县县令问萧何：咱们怎么办？萧何说：咱们是秦吏，怎么能反秦呢？可是，不响应恐怕要遭造反派的兵祸，咱们把逃到外面的刘邦喊回来，让他们反秦，咱们被动地跟着吧。县令一听有理。后来的事我就不多说了。刘邦占了沛县，大家推举刘邦做县令，刘邦一再谦让，那时的刘邦哪敢有当县令的勇气啊。萧何就对刘邦说：我把县里的十个能人分别写在十张纸条里，你抓到谁，谁就当县令吧。刘邦说，这个可以有。结果，刘邦抓起一个纸条，上面写着"刘邦"。刘邦就这样认可做了县令，而另外的九张纸条，被萧何揉巴揉巴塞嘴里咽了。不用问，另九张写的都是"刘邦"。这马屁拍得应该是精美绝伦了。当然，也可以说嫁祸嫁得天衣无缝了。那时，萧何并不敢确认刘邦肯定能成什么大事。

楚汉战争时，萧何镇守汉中和长安，为刘邦的前线输送粮草和兵员，并尽力抚慰百姓，获得了很好的口碑。刘邦在战场前线也经常打听萧何在长安都做些什么，当听说萧何安抚百姓并获得极佳好评时，也心生几分忌惮。一个想独霸天下的政治家，不会对任何人有感情，对谁都不会信任。后来，刘邦把金銮殿坐稳了，才长出一口气说："运筹帷幄决胜千里有张子房，运送粮草输送兵员有萧何，排兵布阵攻城拔寨有韩信，然后才有汉朝。"刘邦承认是这三个人帮助刘邦建立了汉朝。但是，这三个人后来的命运各有不同。张良第一个觉醒，告别皇帝刘邦，隐居深山修道去了。韩信被举报有谋反之嫌，被夺了兵权赋闲在家并监视在长安城边居住，唯有萧何继续做他的相国。

清代有个叫李柏的文人写过一首诗，说的是韩信的悲哀与张良的聪明。当然，也是在揭示"万邦奠定忌雄才"的铁律。诗如下：

> 无情风雨入荒台，黯淡愁云锁不开。
>
> 一统山河平上将，万邦奠定忌雄才。
>
> 天怜国士存韩半，地显丹心赤草莱。
>
> 莫怪子房耽避谷，良弓高鸟正堪猜。

诗中"良弓高鸟"是引自韩信的自述。《史记·淮阴侯列传》：汉六年，有人上书韩信谋反，刘邦欲擒韩信。韩信说："果若人言：'狡兔死，良狗烹，高鸟尽，良弓藏，敌国破，谋臣亡。'天下已定，我固当烹。"韩信说出这些明白话时，张良已经在修仙学道了。人常常是对别人的事明白，对自己的事糊涂。张良是对自己、对别人都明白。而韩信，一直"身在庐山"，到死都对自己的事不明白。

还是想说说"成也萧何，败也萧何"。萧何追回韩信以后，对刘邦说："您若甘愿做一辈子汉中王，就把韩信杀了，如要夺取天下，非重用此人不可。"刘邦当然要做天下之主了，于是就拜韩信为大将，并设"拜将坛"。今位于汉中市城区风景路中段北侧，有一拜将坛，据说就是当年刘邦拜韩信的地方。现在这个"拜将坛"是不是当初刘邦建造的，我也不知道。

萧何是一次月夜追回韩信，一次劝刘邦拜韩信为大将，萧何对韩信不仅是有知遇之恩，而且是改变了韩信的命运（其实是改变了刘邦的命运）。韩信也始终认为，萧何是他的知己，是最好的哥们儿。所以，在吕后想要杀韩信时，只有萧何来设计并亲自出马到韩信家里，诱骗韩信落入刀斧阵的陷阱。韩信毕竟是个武夫，万万没想到他的铁哥们儿萧何会设计害死他。其实，刘邦做了皇帝以后，就要杀韩信，萧何是一直支持的。"万万没想到"是匹夫辈的愚蠢，所有的政治家都会利用"万万没想到"这一招。

　　韩信死后，留下许多谚语，最著名的是"成也萧何，败也萧何"。还有一句："成败一知己，生死两妇人。"这两妇人，一个是在韩信饥寒交迫时，在河边一位洗衣服的妇人，常给他吃食。一个是设计杀他的吕后。韩信的话题就说到这儿，接着再说几句萧何。

　　萧何计杀韩信，真是深遂了刘邦的心愿，刘邦对萧何更加恩宠，加封了五千户，还派了一名都尉率五百名兵士做相国的护卫，真是封邑晋爵，圣眷日隆。又是加封又是派护卫，萧何有点儿飘飘然了。这天，萧何在府中摆酒席庆贺，喜气洋洋。突然有一个门客，身着一身素白衣履，进来哭丧。萧何见状大怒道："你闹什么？喝醉了吗？"

　　这位门客名叫召平，知书达理，颇有些贤名。萧何每有行事，常找他商议，萧何亦能常常获益。今天，他故意用一身孝服来惊醒萧何，说："公勿喜乐，从此后患无穷矣！"

萧何不解，问道："我进位丞相，宠眷逾分，且我遇事小心谨慎，未敢稍有疏虞，君何出此言？"召平道："主上南征北伐，亲冒矢石。而公安居都中，不与战阵，反得加封食邑，我揣度主上之意，恐在疑公。公不见淮阴侯韩信的下场吗？"萧何一听，恍然大悟，惊出一身冷汗。第二天早晨，萧何便急匆匆入朝见刘邦，力辞封邑，并拿出许多家财拨入国库，移作军需。刘邦高兴了，对萧何说了许多赞誉之词，萧何的惊恐也暂时得到了安抚。

黥布叛乱时，刘邦亲率大军讨伐，每次萧何派人输送军粮到前方时，刘邦都要问："萧相国在长安做什么？"使者回答，萧相国爱民如子，除办军需以外，无非是做些安抚、体恤百姓的事。刘邦听后，总是默不作声。使者回长安报与萧何，萧何并未往深处理解刘邦的意图。一日，萧何偶尔将此事问及门客召平。召平说："公不久要满门抄斩了。"萧何大骇，忙问其故。召平接着说："公位到百官之首，还有什么职位可以再封给你呢？况且，您一入关就深得百姓的爱戴，到现在已经十多年了，百姓都拥护您，您还在想尽方法为民办事，以此安抚百姓。现在皇上所以几次问您的起居动向，就是害怕您借助关中的民望有什么不轨行动啊！试想，一旦您乘虚号召，闭关自守，岂非将皇上置于进不能战、退无可归的境地？如今您何不贱价强买民间田宅，故意让百姓骂您、怨恨您，制造些坏名声，这样皇上一看您也不得民心了，才会对您放心。"萧何长叹一声："哦，得做些坏事，才能让皇上放心，才能保命。"刘邦平定了黥布的叛乱，撤军返回长安，就有百姓们拦路上书告状，控告萧相国用低价强行购买民间的土地房屋，价值数千万之多。刘邦回到宫中，萧何前来拜见。刘邦说："当相国的竟然侵夺民众的财产，为自己谋利！还收受商人的贿赂！"说着，把百姓的控告信扔给萧何。萧何不断为自己辩解。刘邦更怒了，命令把萧何关起来，还要戴上刑具。那时，萧何已经是六十多岁的老人了。

后来，刘邦放了萧何，萧何从监狱里出来也不回府上洗个澡，带着一身污浊直接去宫里向刘邦叩谢。萧何演的这一出"苦肉"戏，让刘邦满意了，也让他自己放心了。可是，满朝文武惊呆了，这萧相国和皇上可是出生入死的铁哥们儿呀，怎么这点儿事就给戴上刑具关起来了！从此，也就人人自危了。

此后，虽然刘邦对萧何依然是以礼相待，恭敬有加，但是，萧何却不再殚精竭虑地想国事与百姓的事了。当然，刘邦死后，吕后独揽朝政，迫于自保，萧何还是出任相国辅佐汉惠帝，直至去世。

萧何死前终于说出了作为相国的为政之道：相国做的好事，都是按皇帝旨意办的；百姓不满意的事，都是我这个相国没做好。

萧何有两大功劳：其一，是帮助刘邦建立汉朝，并用尽自身的智慧和能量治理国家；其二，是为辅政的官员们树立了要先揣摩圣上心理，再确定做事方式的榜样。

鸿沟之约

我年轻时喜欢下中国象棋。棋盘的中间是疆界，印有"楚河汉界"四个字。那时，不懂楚汉之间的事儿，以为就是一个疆界的说法。后来读《汉书》《史记》才知道"楚河汉界"指的是京杭大运河中的一段："鸿沟"。知道"楚河汉界"的意思后，就常常偷着笑，俩人把棋子摆好，谁也别动手，兵马不动，界河和兵马一样是安静的。只要一动棋子，界河的意义就失去了。如果不越界，怎么取胜？想取胜，鸿沟就是摆设。

"鸿沟"并不是因为楚汉划界而得名。最早的"鸿沟"是战国时魏惠王十年（前361年）为了战争需要，而两次兴工开挖的鸿沟。它西自荥阳以下引黄河水为源，向东流经中牟、开封，折而南下，入颍河通淮河，把黄河与淮河之间的济、濮、汴、睢、颍、涡、汝、泗、菏等主要河道连接起来，构成鸿沟水系。鸿沟的开凿，为后来南北大运河的开凿创造了条件。秦始皇统一中国后，充分利用了鸿沟水系，把在南方征集的大批粮食运往北方。于是，我们知道了，"鸿沟"是中国古代最早沟通黄河和淮河的人工运河，位于古代荥阳、成皋一带，今是河南省郑州市荥阳区。而当时，汉王刘邦和西楚霸王项羽的主要战场就是在荥阳一带，"大战七十，小战四十"。

划"鸿沟"为界河以前，项羽已经被刘邦在成皋一带拖得精疲力竭，产生了厌战情绪。为了速决，项羽甚至将刘邦的老爸绑到阵地前沿，支上一口大油锅，喊话刘邦："你再不投降，我就把你老爸扔油锅里烹了！"刘邦看了老爸被绑在油锅前，毫无惧色地说："咱俩曾经是拜把子的兄弟，我爸爸也是你爸爸。你要把你爸爸炸熟了，煮成汤，也分我一碗喝。"项羽一听，这等无赖不可理喻。当然了，他要把刘邦的爸爸扔油锅里，也和无赖一样。

其实，政治家为争得天下，使用什么无赖手段都可以理解。可是，项羽真的不想打了，但又不能认输。就在此时（前203年），刘邦遣侯公作说客到了楚营，刘邦还亲自给项羽写了一封情真意切的书信。侯公把刘邦的书信交给项羽，并对项羽说："汉王不想和你打了，咱们两家以鸿沟为界，各自罢兵，共享安宁。"项羽一听："好啊！"侯公说："你得把汉王的老爸和老婆放了。"于是，项羽与刘邦以"鸿沟"为界，罢兵休战。《史记·项羽本纪》："项王乃与汉约，中分天下，割鸿沟以西者为汉，鸿沟而东者为楚。"

划界之后，项羽收兵东归，日饮玉楼，拥姬高眠。此时，刘邦把老爸和老婆送回咸阳，却并没有撤兵。有道是："天无二日，民无二主。"刘邦志在夺天下，成为四海之主，怎么可能容忍划"鸿沟"而治呢？于是，继续集结兵力，沿"鸿沟"布置，做好了攻击项羽的准备。当刘邦的部队已驻扎在固陵（今河南太康）时，项羽还在日夜笙歌，酒酣眠稳，享受太平。有哨探来报说：汉兵到了固陵！项羽还不信："刘邦与我划鸿沟为界，各自休兵息争，怎么可能发兵楚界？"直至确认刘邦的大军压境不到十里了，才怒不可遏地仓促整顿兵马迎战。

项羽实在是年轻，刚愎自用，根本没有政治经验，或者根本不是政治家。且不说《孙子兵法》有云：兵不厌诈，就当时的局势而言，刘邦也不可能放弃战争，放弃一统四海。划"鸿沟"为界是不得已，是要赚得老爸、老婆回来，是为获得重整旗鼓再次部署兵力的机会，是对项羽的一次哄骗。守信誉，重承诺，是仁义礼智信的书生，不是有野心的政治家。反正，我在历史的账册上，就没看到过想当皇帝的人会相信自己或他人的誓言、承诺、布告、眼泪等等的，就没看到过不欺诈世道人心的。

接下来就不多说了，几场恶战之后，楚兵节节败退，韩信设下十面埋伏，张良奏响四面楚歌，一世英雄的西楚霸王项羽，在乌江边自刎而死。八年的楚汉之争结束，天下归汉。

作为楚汉疆界的"鸿沟"只存在了不到一年，但是，随着刘邦的毁信弃约，"鸿沟"又恢复了作为一条人工运河的身份。后来，隋炀帝开凿大运河，通航后，"鸿沟"是京杭大运河的一段。当然，是大运河中重要的一段。

前段时间，小外孙拿着一副象棋来和我玩儿，棋盘摊开时，我发现，疆界处是空白，什么字都没有了。

虞姬之诗

　　我要说的虞姬，是——嗯，你猜对了，就是"霸王别姬"的女主角。

　　虞姬在正史里介绍得很少。司马迁的《史记·项羽本纪》："项王则夜起，饮帐中。有美人名虞，常幸从，骏马名骓，常骑之。"仅仅是把美人虞姬与乌骓马并列一提，一个"常幸"，一个"常骑"。"美人"是称谓，"虞"是姓或名字（我认为是名字）。但是，因为虞姬是项羽的宠姬，又被后世不断演绎那场"霸王别姬"的故事，使得这个"虞姬"家喻户晓。当然，人们心中、眼中的"虞姬"肯定不是历史上真实的"虞姬"。

　　虞姬生年无可考，卒于公元前202年。所有的史料都记载，虞姬死在项羽的阵前军营大帐，是用项羽的肋下宝剑自刎的。自刎前，项羽中了韩信的十面埋伏，楚兵听到了四面楚歌尽皆散去。项羽势单力孤，感到穷途末路、大势已去，悲从心头起，哀从胸间生。于是，借酒浇愁，并让虞姬且歌且舞（虞姬本是歌舞伎），项羽乘兴诵唱了一首哀怨的《垓下歌》。项羽虽然是个武夫，但文化不低，一生还写了十几首诗歌，遗憾的是唯有这首《垓下歌》得以流传。这首诗确实是用了真气，动了真情，多少有点儿人之将死其言也善的味道。这首诗是写给项羽自己的，也是写给虞姬的。咱们不说项羽写诗，说说虞姬。

在陆贾编撰的《楚汉春秋》中写道，虞姬听了项羽的《垓下歌》之后，和了一首诗，后人称作《和垓下歌》。诗如下："汉兵已略地，四方楚歌声。大王意气尽，贱妾何乐生。"这首诗《史记》《汉书》均未提及。那么，陆贾与项羽是同时代的人，其所撰之书也应该可信。好吧，我们先相信这首诗是虞姬所作。虞姬在许多野史上都被呼为才女，才女能写诗是顺理成章的事。可是，问题来了。秦末汉初时，五言诗并不盛行，更没有成型。虽然《诗经》上也有五言诗，郦道元《水经注》中的《长城谣》也是五言，但远不及虞姬这首五言诗规整。根据诗学史料考据，我国的五言诗成熟于东汉末年。那么，虞姬的这首写于秦末的五言诗就成熟得太早了。史上对这首诗是否是虞姬所作，信者与疑者几乎各半。如果确认这首诗是虞姬所作，那么虞姬就是五言诗的鼻祖了。宋代王应麟《困学纪闻》卷十二《考史》认为，虞姬的这首诗是我国最早的一首五言诗。

我是愿意相信这首诗为虞姬所作的，因为这首诗的情绪太符合虞姬当时的心境了。如果不是虞姬所作，虞姬的形象会大打折扣，后世为虞姬编的那些戏曲、话本、故事等等，岂不是无地可着了？没有这首诗，项羽与虞姬的爱情就不会产生凄美、幽恨。项羽以诗唱之，虞姬以诗和之，才是匹配。项羽醉在情中、爱中、歌中、舞中、悲中、恨中，而虞姬仅需依偎在项羽的怀中，住在项羽的心中，依他、恋他、忠他、随他，生是项羽的人，死也是项羽的人。

史料上没有找到项羽是否有妻室的证据，项羽做了西楚霸王之后，没有封王后的记录，只有封虞姬为美人的记载。美人相当于妾。司马迁说的"常幸从"，就是常跟随着项羽出征。在《西汉演义》中确实看到几处虞姬随项羽出征打仗的描述。虞姬不是项羽的正室妻房，项羽有正妻吗？按说，那时的男人十五岁就是成年，项羽家是大贵族，肯定要给他娶下妻室的。那时男人娶妻都是由父母之命娶的，甚至是指腹为婚。当然，还有一些婚姻是因政治需要而确定联姻的。娶妻是一项任务，男人没有多少决定权。纳妾就不同了，所纳之妾，一定是自己喜欢的。所以，真爱往往在妾处，义务大多在妻处。项羽真爱虞姬，虞姬同样以死相随。所以，他们的故事被后世的人们演绎得越来越精彩。

其实，我一直不喜欢项羽这个人。我认为一个男人有三件事必须不折不扣地做好，那就是：无条件地孝顺父母；尽一切力量保护好怀中的女人；对自己的兄弟伙，要有舍己为弟兄们的担当。这三项事，项羽都没做好。即使在"别姬"的那个晚上，项羽感叹的也是自己，仅仅是告诉虞姬，我的命理运数到头儿了，无可奈何了，乌骓马也无可奈何了，虞姬你也无可奈何了，我们认命吧。两军阵前靠一匹马一条枪厮杀的莽汉匹夫，在智慧、策略面前无可奈何了。项羽的这种死法是必然的（范增就预测过，项羽会这样被韩信用计围困而死），虞姬这种死法是意外的。虞姬可以不自杀，被汉军俘去，很可能继续做刘邦或其他王侯的"美人"。但是，虞姬自杀了，为爱自杀了，为尽忠项羽而自杀了。于是，虞姬是那个时代的另类，集忠贞刚烈于一身。

虞姬死后，文人们觉得虞姬太可爱了，也太值得尊敬了，就用她的封号做成了一个可供填词的曲牌子《虞美人》。南宋王灼所著的词曲评论笔记《碧鸡漫志》载："《虞美人》起于项籍虞兮之歌，予谓后世以命名可也。"看看！虞姬不仅给世上留下第一首规整的五言诗，还给后世留下了一个词曲牌，让许多词人骚客趴在这个曲牌子上呼爱唤情地叹几声、哭一阵。

唐代以后的诗人大多填写过《虞美人》这一词牌，最著名的大概应属南唐后主李煜了。"春花秋月何时了，往事知多少。""问君能有几多愁，恰似一江春水向东流。"没有经过春花秋月的人，不懂愁；没有往事的人，不知愁。

虞姬就是爱情的往事，就是春花秋月的愁。愁，不是唧唧歪歪、自怨自艾。愁，应该是有历史感的思想高度，是一颗历史的子弹在今天的枪膛里纠结。

近代京剧表演艺术家梅兰芳曾因演出《霸王别姬》红遍

大江南北，甚至海外。当然了，梅兰芳先生演的虞姬，是梅兰芳先生心中的虞姬，不是历史里的虞姬，也不是我心里的虞姬，更不会是你心里的虞姬。

近些年，有电影《霸王别姬》、歌曲《霸王别姬》等等。每一种艺术形式里的虞姬都是不同的，谁创作的虞姬就是谁献给虞姬的情诗。那么，虞姬究竟该什么样儿？虞姬在哪儿？你扪心自问去吧。

恶 人 之 功

　　佛家的基本理论是讲因果与报应。"因果"好理解，但是，"报应"却不尽然。所谓"善有善报，恶有恶报"，明显带有佛主的主观愿望。老百姓听了佛家的话，也就相信好人会有好报，恶人定遭恶报，遇到了好人或坏人都望天而盼，等着苍天来裁决。而社会生活的事实证明，并不是这样，常常是好人活得憋屈，坏蛋过得滋润。所以，老百姓又总结了一句："好人不长寿，祸害遗千年。"当然了，这句话也可以理解为：好人很容易被忘记，坏蛋被人们记恨千年。

　　我少年时，家附近有一个"恶少"，打、砸、抢、奸，无恶不作，是远近闻名的流氓、"二赖子"。他的父母把他赶出了家门，他就聚集一些小混混到处游逛。这个"恶少"三十岁前就被判刑两次，从监狱出来一次，会更恶一些。邻居们都说："这小子将来会不得好死。"这明显是诅咒，略带一点预判。后来，在一个冬天的晚上，"恶少"酒后在一个不大的桥上摔倒了，第二天早上被发现时，已经被冻硬了。邻居们在说"恶少"被冻死这件事儿时，脸上都带着喜悦，纷纷说："报应啊，报应！"

"恶有恶报"并不是老天爷帮助人类做了什么除恶的事儿，是恶人做坏事做到无所禁忌、无所敬畏的时候，会自寻死路。至于"头上三尺有神灵"，就是告诫人们，不能不懂禁忌，不能不懂敬畏。"善有善报"也是要靠善人自己努力获得善果，天上不会掉下"林妹妹"的。

古人总结过一句话：司马迁不遭宫刑，不会有《史记》；韩信不受胯下之辱，不会有汉朝。这句话好像直接说出了因果。但是，司马迁、韩信若无开阔的心胸，无"立德、立功、立言"的决心，大概也不会有"善报"。司马迁的宫刑就不多说了，汉武帝杀人、整人，从来不过脑子，任性胡为。我想说说让韩信钻裆的那个"恶少"。

韩信是贵族家庭出身，但自幼失去双亲，是个苦孩子。后来，家道破败，少年时就为一日三餐能有什么吃的发愁。他不会种地，不去打工，只到河边去钓鱼。钓上来鱼就吃鱼，钓不到鱼就等一位在河边洗衣服的大嫂（也许是大妈）偷偷给他一些吃食。尽管韩信的家道败了，但是，韩信的傲骨没败。他腰间始终佩挂着一把宝剑，这是那时书生、武士、贵族的标志。

就是这把宝剑，给韩信带来了麻烦。

当地有一个"恶少"，常聚众横行乡里，干些鸡零狗碎的勾当。一日，他看到韩信挂着宝剑过来，就拦住韩信说：

"你穷得都吃不上饭了，还天天挂着个宝剑，装什么贵族啊？你有本事，来！拿宝剑把我杀了；不敢杀我，就从我裤裆底下钻过去。"说着两腿叉开，众人围观嬉笑。韩信知道这是在羞辱他，但大丈夫决不能和这等"恶少"置气较劲。和"恶少"较劲，就等于和"恶少"同一群类。还有，真正的英雄是"刀下不死无名之鬼"的。韩信微微一笑，大大方方地从"恶少"的裤裆底下钻了过去。从此，韩信就有了另一个名字："胯夫。""恶少们"看着韩信钻过了裤裆哈哈大笑而去，韩信掸掸身上的土，微笑着回家。

后来，韩信成为汉朝的大将军，衣锦回乡，"恶少们"胆战心惊地等着受死，心里在祈求别死得太难看啊！韩信回到乡里，答谢了所有帮助过他的人和所有的邻居，又命令部下把那个"恶少"找来。"恶少"来到韩信面前时，估计裤裆已经尿湿了，两腿并拢抖擞着，等待韩信的发落。这就是恶人的常态，作恶时，威风八面，好像天老大地老二他是老三；被捉拿时，一棵枯草一只蚂蚁他都想叫爹。

韩信面对"恶少"，没有发怒，反而大笑。"恶少"更害怕了，心里想："不是要把我凌迟了吧？"韩信对"恶少"说："我要感谢你，你不让我钻裤裆，我就没有那么大的动力和决心去争取今天的成功。现在我能成为大将军统领三军，是你逼出来的啊！"估计"恶少"的裤裆此时又湿了一遍，不知道是尿，还是汗。韩信走到"恶少"面前说："别怕！我必须感谢你！你愿不愿意参军，跟着我去前线打仗？我可以给你一个小官儿当。""恶少"哆哆嗦嗦地说："谢谢大将军不杀之恩！您现在让我去死我都干，别说参军跟着您了。"就这样，这个"恶少"成了韩信部下的一名中尉。

这段故事，应该是"恶有善报"吧。

屈辱，是试金石。真正的大丈夫会把屈辱当作加油站、核电站，为未来的人生积攒能量。在屈辱面前倒下去的人，一定是凡夫俗子。还有，别和小人、恶人缠斗，要对自己说："燕雀安知鸿鹄之志哉！"

刘邦之忍

　　无论汉朝以后的人怎样评价刘邦，都无法掩去刘邦是第一汉人或者是汉族第一人的身份。简单地说，没有刘邦建立的汉朝，就不会有今天的汉族、汉语、汉字、汉服等等。尽管有关汉族起源的考据很多，什么尧舜禹、炎黄子民、华夏民族等等，都绕不过汉朝对这一族群的命名。反正我是坚定地认为，中国人是由汉人（刘邦做汉王时的封地居民）到汉朝人，再到汉族的。汉人被定为汉族，还不到二百年。汉语、汉字、汉服是从汉朝建立时就统一了的叫法。

　　有许多人诟病刘邦年轻时就是一个游手好闲、不读诗书、聚众斗殴、酒醉色迷（刘邦年轻时，在酒店喝酒都是赊账的，年终酒店老板也不敢讨要，把白条撕碎了事）的"二流子"。好像"二流子"就不配当皇帝，或不应该做我们大汉朝的皇帝；好像我们汉人，怎么能由刘邦这样一个"二流子"做汉族、汉语、汉字、汉服的创始人呢？颜面无光啊。可是，翻翻历史的账册，哪个开国皇帝不是从血泊中爬出来的？哪个开国皇帝能用温良恭俭让、子曰诗云建国？年轻时，不管用什么手段，能聚众才能适时起事。刘邦就是典型的例子。

刘邦起事到楚汉相争的过程，是从"二流子"到政治家的转变过程（其实，从某种意义上说，"二流子"也是政治家的雏形），基本完成了他要当皇帝的雄心壮志。他做了皇帝，就施展了唯我独尊的皇帝才能。

世界上的事就是这样，不是因为某人具有什么才能，才把某人安排到什么位置。往往是某人坐在了某个位置，就能释放出适应这个位置的才能。刘邦就是这样的人。他当皇帝之后，一面在军事及政权上排除异己异姓；一面建章立制并采用休养生息之宽松政策治理天下，让士兵复员归家，豁免其徭役，重农抑商，恢复残破的社会经济，稳定封建统治秩序。不仅安抚了人民，也促成了汉朝雍容大度的文化基础。对匈奴采取和亲政策，开放与匈奴之间的关市，缓和关系，主要缓和匈奴对中原的觊觎。

刘邦做皇帝不久，就把开国功臣、握有重兵、封了诸侯王的四个异姓韩信、彭越、英布、臧荼剿灭，分封九个同姓的诸侯王。这样看上去是为了稳固刘氏的江山。但是，在权、利、欲面前，同胞、同族、同血缘也是极不可靠的。此类事件的例证，我就不多说了。但一人得道鸡犬升天是事实。鸡犬者，比如刘邦的二哥刘仲。

刘邦在游手好闲的时候，还有在乡里做派出所所长（亭长）的时候，在打天下的时候，刘仲都在老家服侍刘老爹。刘老爹曾多次说刘邦不靠谱，刘仲是好儿子。一直到刘邦做了皇帝，刘老爹才不提这话茬儿了。但是，刘仲是刘邦的二哥，是要封王的。刘仲被封为代王，领地在今天山西雁门关一带。那时，这一地区是战争前线，是汉朝的北大门，北面直接面对匈奴。

公元前200年，匈奴大概知道这个守关的代王是个只会拿锄头扁担和锅碗瓢盆的农夫，就兴兵进犯。刘仲一看大兵来了，登时傻了。第一反应就是泛起了小农意识——保命！逃跑！于是，弃国弃官弃匈奴兵也弃汉军，独自跑回了洛阳。（别笑，这是真事。）

刘邦震怒了！临阵逃脱，置国家安危于不顾，这是死罪！

当然，在众人的劝说下，还有老父亲的面子，刘邦没有杀刘仲，只是贬为合阳侯。但这是一个国家的奇耻大辱！刘邦忍了。不仅是忍了刘仲，也是忍了自己。明知道刘仲不懂带兵打仗，不懂治国安邦，却把边关重镇交给他，这是刘邦的错，也是任人唯亲的结果。如果要降罪，刘邦应该是第一罪人。但是，在封建王朝，没有律令可以治皇帝的罪，皇帝是唯一可以任意执法的人，不可能被执法。

我国有着几千年的儒家教育传统，儒家在政治上讲的是要遵循"王道"。"王道"就是皇帝说了算。皇帝说啥都是真理。"金口玉牙，说啥是啥。"普天之下的人，唯有唯命是从就是了。可是，皇帝也是肉眼凡胎、父精母血，怎么可能事事如神、句句真理呢？于是，刘仲一事，刘邦不会承认是自己用人失误，只能一忍了之。

刘邦建立汉朝，让一个"汉"字泽被后世，其他的过错都是微瑕。但是，有政治抱负的人，还是要总结一下这些过错，以警己身。

唐儿之子

《增广贤文》上有这样一个对仗句："有心栽花花不活，无意插柳柳成荫。"这一句，在民间的口头语言里叫做"歪打正着"。《增广贤文》全本都是从民间搜集的经验之谈，是人们在社会生活中的智慧结晶。我多次对一些青年人讲，想学祖先们的生活经验就要读《增广贤文》，想在社会生活中学得油滑也要去读《增广贤文》。好了，我们不谈《增广贤文》，说一段"歪打正着"的事儿。

西汉初年，有一阶段是国泰民安、经济发展较快的时期，历史上称为"文景之治"。也就是文帝刘恒和景帝刘启做皇帝的时期。他们实行的是"与民休息"政策，减税减负，发展生产，罢却刀兵，使国力迅速提升，人口也得到持续增加，为后来的汉武帝围剿匈奴攒下了经济和兵员的家底。

皇帝主张"与民休息"，其实也是让自己休息。尤其到了景帝刘启时期，真是歌舞升平。就在这歌舞升平的日子里，景帝刘启做了一件不可思议的事儿。

一天晚上，刘启在宫里搞了一台文艺联欢会，文武大臣一起喝着酒，听着曲儿，看着美人们舞蹈。晚会散了，刘启也喝醉了。按说喝醉了，就老老实实地睡觉吧。可是，刘启是皇上啊，醉了也要翻个嫔妃的牌子，他就点名要程姬来暖阁侍寝。

这个程姬是有点儿来头儿的。刘邦死后，吕后把没被刘邦临幸过的宫女都分配给各个王侯做姬妾婢女。程姬就分给了刘启。那时，刘启是个王爷，程姬也就是个婢女，没有名分。但是，在刘启没当皇帝之前，程姬就给刘启生了两个儿子，刘启做了皇帝之后她又生了一个儿子。这足以说明，刘启是很喜欢程姬的。刘启做了皇帝之后，遂封为姬。

且说刘启喝醉了，点名程姬来侍寝。小太监一路小跑到了程姬的宫里，说：娘娘，皇上让您去侍寝，赶紧洗洗跟我走吧。程姬一听，真是喜忧参半。喜的是皇上喝醉了也想着她。有一个坊间的经验之谈，据说挺准。那就是男人喝醉了想的那个人，就是这个男人心里最惦记的人。忧的是自己的身体在月经期，今天不能去侍寝。可是不去，一来有抗旨之嫌，二来这个机会不能让给其他嫔妃。于是，心生一计，喊来自己的侍女唐儿，让她洗漱打扮，替自己去侍候皇上。唐儿也是喜忧参半，喜的是被皇上临幸，这可是天下女人都想的事啊！忧的是一旦被皇上发现了，可是欺君之罪，要杀头的！程姬看出了唐儿的忧虑，告诉她别怕，是我派你去的，出什么事由我顶着。（程姬的心里有底，皇上如此宠爱她，当然敢撒娇甚至撒野了。再说，她是刘启三个儿子的妈妈呀。）后宫嫔妃都喜欢专宠，也易生妒，但那是针对那些与她有竞争力的嫔妃们，这个唐儿是自己的贴身丫头，不存在竞争力。还有一个原因，皇上要是真喜欢唐儿了，更会经常来自己的院子了。把自己的丫头献给皇上的事，历史上有许多例子，这也是笼络皇上与其他嫔妃竞争的一种手段。在其他阶层，这种事更多。《金瓶梅》中的春梅就是潘金莲的丫头，也是潘金莲送给西门庆的，以此勾引西门庆常来她的屋里，让西门庆感受到来一次潘金莲这里，可以有两个人服侍。不说《金瓶梅》，说唐儿。

唐儿随小太监去暖阁，爬上了皇帝的床，临幸的事竟做成了。不过，问题来了，皇上刘启得喝成啥样啊？折腾半天，连是不是自己的老婆都不知道？我真有点儿不信。但是，我相信一定是程姬给唐儿密授了机宜，比如怎样妥帖地服侍皇上啊、皇上都有什么习惯啊等等，才让皇上醉着不醒、醒了也装醉地把事情办完。

如果唐儿仅是替程姬去承接了一次雨露，事儿完了就罢了，就没有什么新奇的话题好讲了，我也不会在这儿像扯闲篇似的啰唆。重要的是，景帝刘启酒醉后对唐儿的这一幸，让汉朝多延续了二百年——对！唐儿怀孕了！（刘启不愧是一代明君，连枪法都这么好。我此时发出了坏笑。）并被封为姬，也就是唐姬。

唐姬生下了一个儿子，刘启为其取名叫：刘发。

按汉朝的规矩，皇上的儿子是要封王、封地的。但是，还有一个不成文的规矩：子凭母贵。刘发是婢女所生，算是"庶出"。所以，刘启就把刘发封为长沙王。那时的长沙是边疆，是"卑湿贫国"，大多地方是森林和荒地，而且长沙的南邻是经常闹事的南越。但是，刘发是没有资格争辩的，只能谢恩赴任。我们从旁观者的角度想，刘发这小子稀里糊涂地就混成个皇子，还封王，封哪块地都是白捡的啊。唐儿若是跟别的男人生了他，他就是一滴雨落在旱地里，瞬间就会在人们的视线里消失。

刘发在长沙王的位置上二十七年，把长沙经营得有声有色，娶了一大堆妻妾，也生了一大堆孩子。他的第六世孙子中，有一人叫刘秀，就是那个从王莽手中夺回政权的东汉开国皇帝，并使汉朝的香火延续了二百年。不过，刘秀当了皇帝后，在宗庙上就没认刘发这个祖爷爷。因为刘发这一支是"庶出"，按他们皇室刘家的祖训，"庶出"是没有做皇帝资格的。当然，刘秀是在汉室衰落时拯救了他们老刘家的江山，"庶出"也是正出了。还有，做到皇帝了，说啥都是真理了，何况指认一个爷爷、爸爸呢！

刘发很聪慧。《史记》中有一段记录他用小手段向他爸爸刘启要封地的故事，想了解刘发怎样用智慧和幽默的手段哄他爸爸，并得到很多封地的朋友，就去翻看《史记·五宗世家》吧。

我还想说的是，刘发是刘启的酒后产品。但是个很聪明、有智慧的人，可是现在很多人都相信科学家们用各种数据做出的论断：酒后产品，可能会使孩子痴傻茶呆。当然，酒后可能会生出傻孩子，也是有先例的。据说李白的孩子个个傻。

史载，刘发还是个大孝子。他在长沙，他妈妈在长安（他的妈妈唐儿在生完他之后，因为出身低微并没有受皇上再多的宠爱）。他每年都把长沙的稻米送往长安，给唐儿妈妈和程姬妈妈吃。还从长安运回泥土，在长沙筑起了一个"望母台"。因刘发后来被封为定王，后人又把"望母台"称作"定王台"（定王台是现在长沙市一条街道的名字，"台"早就不在了）。汉朝时非常重视孝道，说明那时的社会孝道缺失严重。因而刘发的孝行就被《史记》《汉书》带着褒扬地记录下来了。能成为孝子，和社会、家庭教育有关，更和出身有关。刘发这种"庶出"的人，其母亲在宫里一定会忍受诸多屈辱，如果刘发不孝，不思念母亲，真是要遭天谴的。

苏武之节

在我十岁左右，听到妈妈常常哼唱一首歌，叫《苏武牧羊》。那时，我只知道《王二小放牛郎》，不知道苏武是谁，更不知道苏武为什么要到北海边去牧羊。后来逐渐长大了，读到了一些讲述苏武故事的书，才知道苏武牧羊是怎么回事了。从那时起，就对苏武肃然起敬。初中的课本里有苏武牧羊的一篇课文，为了表现出我比其他同学强，就央求我妈把《苏武牧羊》的歌词抄写给我，并跟着妈妈学会了这首歌。这首歌，我现在时而也会哼唱几句。我把妈妈抄给我的歌词录在这里吧，因为现在我看到的这首歌的歌词与妈妈抄给我的不太一样。

苏武留胡节不辱，雪地又冰天，苦忍十九年，渴饮雪，饥吞毡，牧羊北海边。心存汉社稷，旄落犹未还。历尽难中难，心如铁石坚，夜坐塞上时听笳声入耳痛心酸。

转眼北风吹，群雁汉关飞。白发娘，望儿归，

终日守空帏……

此时，我默唱着写下这首歌词。唱着，录着，苏武的形象就在眼前了。

中华民族几千年来，像苏武这样受到一致尊重的小人物不多。孔子、老子等辈是圣人，不能算在"尊重"的行列里，圣人是指导我们灵魂和生活的，要景仰。说苏武是小人物，因为他的级别太低，出使匈奴前是御马场场长，和孙悟空在天庭的官儿一样。因汉武帝要他出使匈奴，怕匈奴笑话，才临时给苏武提任中郎将。这个中郎将，也就是汉朝中央办公厅的处长级干部。但是，苏武这次出使匈奴，因不降不屈，始终手握汉节，死两次活两回，终于回到汉朝，成就了一个忠君爱国的千古典范。历朝皇帝都以苏武为榜样，让文武百官和百姓学习。也就是说，历朝历代像苏武这样的人太少了。有人曾举过一个例证，说"二战"时，中国在抗日战争期间，我们出的汉奸太多了，而德国打进苏联的时候，就没听过有"俄奸"。以此来证明民族劣根性（奴性）的问题。我没考证过苏联是否有"俄奸"，但本民族易产奸人是事实。所以，苏武是忠君爱国的第一人。

说苏武是爱国第一人，还有一个方面可以证明，那就是歌颂、礼赞苏武的诗词歌赋戏曲最多。先看看南宋柴望的诗：

十九年间不辱君，论功何独后诸臣。

若教倒数凌烟像，也是当时第一人。

这首诗已经是极致的礼赞了。再看看李白的《苏武》：

苏武在匈奴，十年持汉节。

白雁上林飞，空传一书札。

牧羊边地苦，落日归心绝。

渴饮月窟冰，饥餐天上雪。

东还沙塞远，北怆河梁别。

泣把李陵衣，相看泪成血。

这首诗有叙事、有抒情，基本是以白描、勾勒的手法，形象地将苏武在北海牧羊的生活场景及思想活动表现出来，客观的呈现与主观的态度都接近完美。

李白的诗里提到了李陵。苏武与李陵的故事被后人演绎得热闹非凡，甚至替他们写互赠的诗词（全是规整的五言诗，肯定是伪作。五言诗到了东汉才有规整的模样）。曾看到一篇像传记的小说《苏武与李陵》，说李陵和苏武是铁哥们儿。李陵是为了救苏武率兵到匈奴，箭尽粮绝才被俘的。更甚的是，李陵为了见到苏武才诈降。呜呼！历史就这样经常被荒诞化、娱乐化。李陵与苏武在汉朝长安时确实是好朋友，但李陵被俘投降匈奴后，几年都不敢去见苏武，匈奴单于曾希望李陵去劝降苏武，李陵根本无颜去。后来，李陵娶了匈奴的女人做老婆了，才让老婆给苏武送些生活物资去。再后来，李陵的老婆给苏武送去一个匈奴女人做了苏武的老婆后，李陵才去和苏武见面。

苏武回汉朝时，李陵去送苏武，李陵唱了一首诗，已经把他的心态描绘得淋漓尽致了。"径万里兮度沙漠，为君将兮奋匈奴。路穷绝兮矢刃摧，士众灭兮名已隤。老母已死，虽欲报恩将安归？"可以想象出，李陵唱这首诗的情景：酒醉，情醉，志醉。这首带有楚辞韵味的诗，是典型的汉代悲歌体。这首诗的大意是：我为君王带兵战匈奴，不惧千里辛苦。可是刀箭毁坏，兵士们全部死亡了，我投降的名声也败坏了。老母已被处死，想报恩都找不到国门啊！这里我要多说几句，李陵投降固然与我们民族的传统和统治者的要求不符。我们儒家的要求是：臣要尽忠，不成功便成仁。没有投降一说，投降就是失节。但是，李陵一向战功赫赫，有这一次失败或投降也不该是灭门之罪。汉武帝这个人是最不讲感情、最难说清楚的人。守土扩疆有千古之功，治国理政有千秋之罪。尤其是喜欢杀人。他不喜欢的官员，无论罪否想杀就杀。有罪的官员常被灭族，而且要求杀的人要够数，杀的人数不够就把街坊邻居村里无辜的人都凑数杀了。

还是说苏武吧。

苏武归朝，升官加薪，满朝恭敬。后来，他儿子参与了一次政变，被执行死刑，苏武仅是被免去了官职。再后来，汉宣帝继位，又把苏武招进宫里为官，还帮他把留在匈奴与匈奴女人生的儿子用重金赎了回来。

苏武活到八十一岁——不！活过了两千年，而且还会继续活下去，直至本民族不再出汉奸，直至全民族的人都全心全意地忠心爱国。

张骞之归

宋朝有一个官员，也是文人，一生被无数次谗谤，叫王禹偁。他写过一首诗，题目是《咏石榴花》。诗如下：

> 王母庭中亲见栽，张骞偷得下天来。
> 谁家巧妇残针线，一撮生红熨不开。

这首诗不是王禹偁的好诗，我在此文中引用，不过是想说此诗道出了一个事实，石榴是张骞"偷"来的。关于王禹偁及他的诗，不是本文要叙述的，就此打住，我们说张骞。

张骞出使西域的故事已是妇孺皆知的，亦不赘。我要说的是，张骞两次出使西域，两次被擒，怎么逃回来的。

汉武帝刘彻十六岁登基，坐在金銮殿上，心里的大病是北面的匈奴不断扰掠国土与百姓。当初秦始皇为了防匈奴，修了一条长长的墙，后来人们称之为长城。汉朝建立以来，匈奴从没有间断过对中原的掠夺、杀戮。匈奴地域面积广大但贫瘠，人口稀少。司马迁在《史记·匈奴列传》中这样写道："匈奴人众不能当汉之一郡。"刘彻懂得：对于一个国君来说，国土和百姓经常被外敌侵扰，轻者是昏庸无能，重者是丧权辱国。刘彻还是个要做明君的皇上，经常与大臣们商议对付匈奴的对策。于是，就有了想与大月氏国联合攻击匈奴的计策。可是，谁能闯过匈奴管辖的领地到达大月氏呢？广布文书，张榜招聘，张骞挺身而出了。汉武帝虽然不完全信任这个"举孝廉"上来的小侍卫，但目下无人应聘，也只有他了。

那一年，汉武帝十九岁，张骞二十七岁。

汉武帝给张骞配备了有一百多士兵加各类专家的出使队伍，其中最重要的一个人是匈奴人堂邑氏奴甘父，后来的史料上都把他简称为堂邑父。

这支队伍深入匈奴境地不远，就被匈奴的军队抓获，张骞和堂邑父等从现在的青海与甘肃的交界处被押送到现在内蒙古的呼和浩特附近。匈奴单于并不想杀张骞等，这也是匈奴的一贯政策，希望汉人归降。于是，单于给张骞配了一个姑娘做老婆，还给了相对高的物资供给，应该说张骞在匈奴过上了类似小康的生活。《汉书·张骞传》："留骞十余岁，予妻，有子，然骞持汉节不失。""持汉节不失"是说张骞始终心怀使命，心怀汉武帝的嘱托。一个人能至死不负国家的使命和对另一个人的承诺，其品格一定是高尚的。张骞在匈奴第九年，在妻子的帮助下和堂邑父二人逃出了匈奴地界，直奔大月氏而去。到大月氏游说不成，回长安的途中又被匈奴抓去，他的匈奴妻子再次现身，帮他们逃回了长安。这次回长安，张骞把匈奴妻子带回了长安。遗憾的是，他的匈奴妻子到长安后，第二年大概是因为水土不服，身体染病，医治无果，离开了这个世界。这个匈奴女人，真是把自己的一生交给了张骞，帮助张骞完成了一项泽被后世的工程。

张骞两次到西域，路途上基本是由堂邑父照料。堂邑父不仅是翻译，还是地理向导，找食物找水也是堂邑父的事儿。史料上说，堂邑父擅射猎。这就保证了张骞的生存，能两次逃回来，就是他匈奴妻子的功劳了。匈奴单于把当地的姑娘许配给张骞，是希望张骞能感恩匈奴，归顺匈奴，没想到张骞竟然把匈奴姑娘改变成了汉人的媳妇。这姑娘对爱情的忠诚、对张骞的信赖与热爱，成就了张骞的一世英名。司马迁对张骞这样褒奖："骞为人强力，宽大信人，蛮夷爱之。"如此，我们可以下这样的定论：匈奴与汉朝之间的斗争是政府之间的政治斗争，不关也不碍人与人的爱情。张骞爱这个姑娘，用人格、人性、真心、真情征服了这个媳妇；而这个媳妇只爱张骞本人，张骞的需要就是她的需要。所以，在张骞需要出逃的时候，她可以置自己的生死于不顾。她爱张骞，不会考虑匈奴人与汉人之别、之争斗。爱，就是给予，是不求回报的义无反顾。有一句很通俗的话叫做：一个成功的男人背后一定站着一个伟大的女性。张骞的这个匈奴人妻子是伟大的。这位匈奴女性的伟大，在史册上找不到表彰，甚至都没留下名字，而张骞已经伟大了两千多年。

可以这样说，张骞能从西域归来，是这个妻子使之归。

《汉书》上记录张骞与匈奴妻子生有儿子，在史料上查不到去向。但是，同样是《汉书·张骞传》的结尾却说："骞孙猛，字子游，有才俊，元帝时为光禄大夫。"译成白话是：张骞的孙子名字叫张猛，字子游，有相当的才干，汉元帝时做了官，是光禄大夫。那么，这个张猛是不是张骞在匈奴时所生儿子的后代呢，我无从查考。

在《史记》上，司马迁把张骞沟通西域誉称为"凿空"。空，是通假字，同孔；凿空，即凿孔。形象地描述了张骞出使西域，增加了中原与西域各地区的相互了解，打开了西去的道路，从此成为国家的中西通途——丝绸之路。

还有一点要说的就是，我们今天吃的葡萄、苜蓿、石榴等，都是张骞从西域带回来的。

霍去病之像

　　今年初，我去兰州参加一个诗歌活动，特意到"霍去病文化广场"转了转。广场中央矗立着一尊霍去病骑马提枪西征的雕像，雕像下是几个跳广场舞的群体。前些年，去兰州的五泉山公园也看到一尊霍去病的雕像。我最初在五泉山看到霍去病的雕像时，当地的朋友还给我讲了一个霍去病在西征路上为战士找水的传说故事，并说五泉山就是由霍去病找水故事而来。朋友说得鲜活生动，好像就是昨天发生的事儿。

　　这次在兰州，我问当地的一位朋友："霍去病来过兰州吗？"朋友沉思了一下："不知道。"对此，我也开始在心底翻腾起所读的史书来，觉得霍去病是没有来过兰州的。可是，如果霍去病真的没来过兰州，为什么兰州有两座霍去病的雕像？

　　先查查霍去病来没来过兰州吧。

　　汉元狩二年（前121年）春天，汉武帝任命十九岁的霍去病为骠骑将军，精选一万骑，从陇西（今甘肃省岷县）出发。据《史记·卫将军骠骑列传》记载："骠骑将军率戎士逾乌盭，讨遫濮，涉狐奴（今武威石羊河），历五王国。"这句话的意思也就是说，霍去病率领大军在今兰州以西渡河，过乌亭逆水（今庄浪河），沿乌鞘岭北坡的草地而行，经过遫濮部落牧地，又渡狐奴河（今石羊大河）。如此看来，霍去病是没有真正到过兰州的。

查得资料：2013年8月6日，"霍去病西征"大型城雕在兰州市天水北路高速路口正式落成，为金城东大门再添人文胜景。据了解，霍去病西征城雕项目是2011年兰州市政府重点文化建设项目之一，从设计到落成历经两年多时间。该群雕通高二十六米，由铸铜和花岗岩打造，使用了二百多吨陶土、近七十吨青铜以及近千吨石材、混凝土。整体雕塑由霍去病主雕塑和将士群雕组成。霍去病气宇轩昂，挥戟向西，战马身形矫健，前肢作腾跃状，昂首注视前方；众将士个个果敢彪悍、英姿威猛，张扬着跟随骠骑将军击败匈奴的昂扬斗志。

这是兰州政府网站的消息，并没有说清楚为什么要建霍去病的雕像。不过，五泉山的霍去病雕像倒是能说明一些问题。那里每天有成群结队的人去拜霍去病，拜霍去病的人在雕像前根本不看霍去病的雕像，只是用双手去摩挲"去病"二字，使得"去病"二字闪闪发光，而那个"霍"字极为暗淡，这实在是让人哭笑不得。霍去病仅活到二十三岁，是因患病不治而死。

其实，把霍去病当作民族英雄来敬仰是应该的，当作青年才俊去热爱是应该的，当作仁义礼智信的楷模是说得过去的，当作一心为国两袖清风的好干部也是说得过去的。

霍去病深谙兵书战策，且能灵活运用，十七岁初次征战即率领800骁骑深入敌境数百里，把匈奴兵杀得四散逃窜。在两次河西之战中，霍去病大破匈奴，是个少年老成的军事家。史上说霍去病是卫青的外甥。其实，霍去病是平阳公主府的女奴卫少儿与平阳县小吏霍仲孺所生的儿子。这位小吏不敢承认自己跟公主的女奴私通，于是，霍去病只能以私生子的身份在卫家降世，其父未曾尽过一天当父亲的责任。但霍去病长大后知道了自己的身世，有一次出征时顺道到了平阳（今山西临汾）。霍去病命下属将霍仲孺请到休息的旅舍，跪拜道："去病早先不知道自己是大人（大人，汉唐时指父亲）之子。"霍仲孺愧不敢应，匍匐叩头说："老臣得托将军，此天力也。"随后，霍去病为霍仲孺置办田宅奴婢，并在领军归来后将同父异母的弟弟霍光带到长安栽培成才。霍去病从来不沉溺于富贵，将国家安危和建功立业放在一切之前。汉武帝曾经为霍去病修建过一座豪华的府邸，霍去病却断然拒绝，说："匈奴未灭，何以家为？"

以上这些，都是值得我们为霍去病塑像的。唯独用他名字中的"去病"来暗示自己"去了病"是错的。霍去病究竟得了什么病，史书上没有详细的记载。《史记》："骠骑将军去病从军有功，病死。"这是历代史书中对霍去病死因的唯一记载。但是，还有一种传说：匈奴人将病死的牛羊等牲口埋在水源中，使水中滋生细菌，汉军攻伐必在此水源下游饮水，致使汉军多不战而亡。这样的事，史料上是有记载的。大概霍去病也是饮了这种水导致染病，医治无效身亡。我相信这个传说。

回到兰州霍去病雕像的话题上。兰州是通往西域和漠北的重要通道，塑霍去病的雕像，让大家记住这个民族英雄和青年军事家是理所当然的。

阿娇之妒

我要说的阿娇，是汉武帝刘彻的第一个皇后陈阿娇。陈阿娇的真名叫什么无从可考，在汉代以前，女子大多无名字，生下来起个乳名，出嫁就随夫家姓了。阿娇很可能是她的乳名，或者是当初阿娇的妈妈顺口说出来的。有一则成语"金屋藏娇"，这里的"娇"说的就是陈阿娇。

某一天，阿娇的妈妈长公主抱着刘彻（那时刘彻还不到七岁），试探性地问道，想不想娶阿娇为妻呀？没想到小小的刘彻竟脱口说："若能取之为妇，便金屋藏之。"这件事，不仅创造了一个成语，还扭转了汉景帝之后小皇帝的归属。这期间的宫内故事很多，就不细表了，主要的情节是阿娇的妈妈造谣生事、栽赃陷害等（最初，阿娇的妈妈想把阿娇嫁给太子刘荣，刘荣的妈妈看不起阿娇的妈妈，就没同意），迫使汉景帝废了已立的太子刘荣，改立刘彻为太子。此后，阿娇先做刘彻的王妃，刘彻做了皇帝后，阿娇就顺理成章地做了皇后，并且专宠了十年。唯一的遗憾是，她未给刘彻生个一男半女。野史上记载，阿娇还四处寻医问药，找不孕不育的灵丹。无果。

按说，阿娇这个皇后也是来之不易，应该想办法让皇帝高兴，皇后才能做得稳当。宽以待人，人必宽待。可是，阿娇妒性极大，不许皇上亲近其他嫔妃。这时，刘彻的姐姐平阳公主看不过去了，心想：你阿娇专宠又不生养，还不让我弟弟宠幸别人，这不是要断了我皇家的血脉吗？于是，就把身边唱歌的丫头卫子夫送到刘彻那里。阿娇知道了刘彻宠幸卫子夫，火冒三丈，与她妈妈一起开始折腾，要整治卫子夫，甚至派人去抓捕卫子夫的弟弟卫青，欲杀害。幸亏得到卫青好友公孙敖相救，免于一死。后来，卫青成为了刘彻麾下的一员大将。此事与本文无关，不提。

阿娇的各种表现让刘彻很是反感，早已动了废除阿娇皇后的心思，终于得到一个机会，治了阿娇的罪，废了阿娇的皇后之位。

阿娇眼看着卫子夫得宠，自己的哭闹不但没有引起刘彻的重视，反而惹得刘彻老大的不高兴，于是就想用歪门邪道了。元光五年（前130年），阿娇与巫婆楚服勾连，楚服唆使阿娇施以妇人媚道。媚道是一种巫术，就是希望利用超自然的神秘力量来获取爱情。媚道的施术方式众多，大致可分为三类：巫蛊、祝诅、祠祭。此事泄露，武帝大怒，令人调查，最后把楚服等三百多人斩首，并立即废除阿娇的后位。废后诏书记载为"皇后失序，惑于巫祝"。至此，居皇后之位十一年的陈皇后被废黜。陈阿娇的妈妈（已经是窦太主）感到羞惭恐惧，向武帝叩头请罪。武帝说："皇后的行为不符合大义，不得不把她废黜。你应该相信道义而放宽心怀，不要轻信闲言而产生疑虑和恐惧。皇后虽然被废了，仍会按照法度受到优待，居住在长门宫与居住在上宫并无区别。"从那时起，陈阿娇就孤零零地住在长门宫了。

有人说：见过不吃饭的女人，没见过不吃醋的女人。所谓吃醋，就是嫉妒，就是小格局、小心眼儿，容不得别人高兴或看不得别人比自己强。嫉妒是病，是一种愚蠢的病。其实，愚蠢仅是智慧的一种缺陷，而嫉妒则是一种道德的沦丧，是人的阴险之恶。阿娇就是患有愚蠢的病与阴险的恶。当然，病与恶最终都作用在她自己的身上。

阿娇独居长门宫，必然是以泪洗面。可是，她流出来的泪不是懊悔，是更大的憎恨，是想怎样把刘彻夺回来，把皇后的位置夺回来。于是，她又心生一计，请人写文章去感动刘彻。这就诞生了历史上最著名也最优秀的骚体赋《长门赋》。顺便说一句：其实，政治家们从来都没有忽略过作家的存在。

阿娇差人提黄金百斤请司马相如代为写赋，司马相如也真是对得起这百斤黄金，这篇大赋写得宏阔而不失细腻、激烈而不失柔情，是骚体赋中的巨制。顺便说一句，现在有一些人端着架子到处去写赋，某山、某水、某庙，甚至某饭馆儿，收不到黄金，蹭顿酒饭，真是让文化人痛心。赋，岂是无才情、无学养之辈为之的？好了！不说当下，说《长门赋》。史料载，武帝刘彻看了这篇大赋为之一震，但不是对阿娇的一震，是对作者司马相如一震，叹曰：果然天下奇才！

此赋使司马相如开创了两个第一：一是，单篇文章稿酬最高的第一人；二是，本来是为阿娇捉刀，却成就了自己。此后，穷秀才作家司马相如就到武帝身边去当官了。

这篇《长门赋》并没有帮助阿娇夺回皇后。但是，阿娇却永远绑在了这篇文章的背面。

酒泉之酒

　　大概是1994年，我与朋友们一起去了一次甘肃酒泉，是去看卫星发射。我们从兰州出发，坐着军用的212吉普车。向窗外望去，一望无际、一览而尽、一路风尘、一步三摇、一片焦土等等词语涌进了我的脑海。一路上，我不断地慨叹，这吉普车真结实，起码比我结实，因为我都快被颠散架了，车还能正常行驶。还有，涌进车里的沙子，把我头发、耳朵、鼻孔、脸上、衣服都灌满涂匀。我在车里开玩笑说："这回我的体重增加得快啊！"我们在中途的某个地方吃了顿饭，记忆深刻，第一次吃到"拉条子"，还有"炕羊肠"。

　　一路上，我还想着另一件事儿。古代时，从秦汉开始的对匈奴的大规模战争，走的基本是这条路。那时的风沙一定比现在更大、更狂，路更难走，而秦汉的将士仅是骑马和步行，且不说两军阵前如何厮杀，就是这一路行军也是一件非常艰难的事儿。可以肯定，有许多士兵还没等和匈奴兵交战，就牺牲在途中了。匈奴是个游牧民族，是打游击战的，汉朝军队要四处找他们交战。大规模地找匈奴打仗，是从汉朝开始的。找着找着，就打到了中亚、西亚和欧洲。一方面打通了西行之路，一方面向当时的世界宣示了汉朝或大汉民族的强大。

冷兵器时代的战争，是靠士兵的肉体拼杀的，所以有"一将功成万骨枯"之说。当然了，今天的各种战争也是如此。咱不说战争，说酒泉。

到了酒泉，我就听到酒泉得名的一个民间传说，大意是霍去病在酒泉这个地方打了胜仗，皇上赏赐了一坛酒。霍去病觉得酒少人多，就把酒倒进泉水里，让士兵们每人都喝到皇上赏赐的酒，感受到皇上的恩宠。此类传说，讲得有声有色、活灵活现、栩栩如生。目的嘛，就是说霍去病高尚、爱兵如兄弟；皇上伟大，爱兵如子。传说是民间的口头文学，是带有即兴成分的创作，和史实有着较大差距。据《汉书·卫将军骠骑列传》载，霍去病："少而侍中，贵，不省士。其从军，天子为遣太官赍数十乘，既还，重车余弃粱肉，而士有饥者。其在塞外，卒乏粮，或不能自振，而去病尚穿域蹋鞠也。事多此类。"说白了就是，霍去病是个在官家大院里长大的孩子，不懂得节约和照顾别人，朝廷赏给他的饭食，他吃不了就扔在野外，根本不懂得要分给饥肠辘辘的士兵。由是，可以断定霍去病不会把酒倒进泉水里给士兵们喝。再说，霍去病刚打了胜仗，皇上赏赐的酒就到了，那时的政府就是有快递这项业务，恐怕也不会这么快吧。

史料载，酒泉的地名最早来自东方朔的《神异经·西荒经》："西北荒中有玉馈之酒，酒泉注焉，广一丈，长深三丈，酒美如肉，澄清如镜。上有玉樽、玉笾，取一樽，一樽复生焉，与天同休无干时。石边有脯焉，味如獐鹿脯。饮此酒，人不生死，一名遗酒。其脯名曰追复，食一片复一片。"《神异经》基本是一部地理志，但是，带有浓烈的志怪成分，今天看来有些荒诞。汉朝时，书写天文、地理、人伦的书，都带有神神鬼鬼的描述。对自然及生命现象，没有科学理论来支撑时，用神鬼来诠释是古代书籍的特点，且中外皆然。

在酒泉，我看了卫星发射，看了月牙泉，更多的是看沙漠、戈壁。在视线无际无涯的天地间，我感到有着强烈的抒情的冲动。文学要求言之有物、有的放矢。可是，在这无物可寻的地方，却有千万种物体涌入脑海。空，不是无。心里空的人，面对万千物体也是无。

我们从酒泉又到了敦煌，看完莫高窟本想再去阳关，但体力不支，也没有时间了，只好作罢。在酒泉，我滴酒未沾，本想到阳关去痛饮的。我觉得，真正的酒应该在阳关喝，阳关才是汉朝以降的酒泉、泪泉。我认为，酒，大多时候是伴着泪喝的，和泪而饮的才是酒。喜庆的酒是在锦绣上添了点色彩，痛苦的酒是霜雪中的火盆。喝酒对喜庆氛围的营造作用有限，而对痛苦则是强力推进器。

我欠阳关一场酒，还是阳关欠我一场醉？

阳关没去成，我矫情地对着阳关的方向，把唐朝诗人王维的诗默诵了一遍："渭城朝雨浥轻尘，客舍轻轻柳色新。劝君更尽一杯酒，西出阳关无故人。"渭城，就是今天的咸阳。汉武帝觉得咸阳是秦朝的首都，离自己的首都长安太近了，就把咸阳改成了渭城。在历史上，皇帝改地名、人名是屡见不鲜的。王维这首诗，用极轻松的语调道出了内心的极大悲怆。人生最大的悲痛，莫过于生离死别。阳关，这个沉重的关口，亲友相别，互相对视一眼，就是浓烈的酒。

没去成阳关虽然有些遗憾，但是，我坚信来日方长，还会去的。其实，去没去阳关，阳关的建筑形象、历史形象、文学形象都在我心里新鲜地伫立着。近些年，常听古琴曲《阳关三叠》，此曲就是根据王维这首《送元二使安西》的诗意衍生而来。只是乐曲表现得更具铺排能力，更具体地表现出渲染手段。所谓"三叠"，不过是一唱三叹，不过是为了增强感染力。《阳关三叠》的古琴曲配有词，而且有几个不同版本的词，核心部分是王维的诗，再根据乐曲的需要增加或扩展了一部分词语。几个版本我都看了，还好。虽然是为音乐服务的，但都紧紧围绕着王维的诗展开。想看的朋友可以去查找看看，这里就不录了。

我没在酒泉喝酒，是想清醒地看卫星发射；想去阳关喝酒，是觉得西去的故人太多了。

刘去之疾

愁莫愁，居无聊。心重结，意不舒。
内莋郁，忧哀积。上不见天，生何益！
日崔隤，时不再。愿弃躯，死无悔。

这首诗的作者叫刘去，是西汉时武帝到惠帝时期的广川王。这是一首比较缠绵的情诗，译成现代诗，大致是这样：

我的痛苦
是你没住进我的心房
我的心已经拧成紧实的结
呼吸不畅
忧郁变成了哀伤
见不到你像见不到太阳
生命也失去了意义
日月轮转

失去的不会再来

为了见到你

我真愿以死相抵

　　仅看这首诗，我们会认为这是一个为情所衷的热恋青年写的。其实不然，作者刘去是个无情无义无德的人。顺便多说几句，诗歌是诗人心境的真实体现，但一首诗只是诗人短暂的心境，不能凭一首诗来对一个诗人下结论。用一句哲学的话说：一个人瞬间的感受，不是他全部的人生观。尤其在对男女情爱上，有德之人和无德之人的表现大致是一样的。或者说，情爱具有动物性。我曾在一首诗里写道：乌鸦在求爱时/和人求爱说着同样的话：我爱你。

　　刘去原名叫刘去疾，因小的时候常闹病，就把那个"疾"字去掉了。去掉了"疾"字，身体的病少了，心里的病大了。刘去是汉景帝的曾孙，是广川惠王刘越的孙子，广川缪王刘齐的儿子。刘齐因被举报与同胞姐妹通奸等荒淫无度，被革职并把诸侯国也收归中央，后来汉武帝下诏说："广川惠王是我的亲哥哥，我不忍断绝他的宗庙，还是让惠王的孙子刘去为广川王吧。"就这样，这个刘去当上了广川王，有了封地。了解些历史的人，都知道刘去是个"怪物"，有两大怪癖。刘去的怪癖之一是盗墓，在他辖区内的古墓都被他组织人马盗了一遍。刘去盗墓和常规的盗墓不一样，他不是为了获取财宝，是为了寻求刺激，是为了好玩儿。玩儿着玩儿着就玩儿出了瘾，玩儿过头了就成"癖"了。《太平广记》中对刘去的盗墓有很多记载。其中有这样一个故事，刘去在盗开春秋时晋国权臣栾书墓时，墓穴里有一只白狐狸，刘去拔剑把白狐狸的左脚给伤了，晚上刘去就做了一个梦，一个须发皆白的男子对刘去说："你为什么要伤我的脚？"然后挥剑把刘去的左脚刺了一下，刘去醒来就感觉左脚疼，怎么医也没医好，后来刘去的左脚就瘸了，一直瘸到死。

刘去的另一癖，是杀自己的老婆，一共杀了十四个姬妾。当然，杀姬妾的帮手是他的王后阳成昭信。阳城是复姓，昭信是名字。

昭信本来是个普通的婢女，刘去最初喜欢的是王昭平、王地余，并许诺要封其中之一为王后。可是，一次刘去生病了，王昭平、王地余觉得服侍病号这事儿还是让其他婢女来做吧，就喊来昭信服侍。昭信尽心尽力地服侍刘去，刘去被昭信弄得心里和身体都很舒服，一来二去就喜欢上昭信了。王昭平、王地余太自信了，把刘去最需要人服侍的机会让给了昭信。刘去病好后，一次召王地余来侍寝，发现王地余的袖子里有一把匕首，刘去逼问：你要行刺本王？王地余说：大王，我怎么能行刺您呢？是我们看到昭信这个狐狸精把您给迷惑了，我们要杀了她，免得您被她所害。刘去一听更生气了，喊来王昭平和昭信及一些姬妾，亲手持剑当场把王地余杀了，又命令昭信把王昭平杀了，并且把王昭平、王地余的几个婢女丫鬟也杀了。之后，昭信就成了王后。如果昭信成了王后，好好管理后宫，也就罢了，偏偏这个昭信是狠毒之辈，凡有被刘去亲近过的姬妾，一律想办法杀之。可刘去是个好色之徒，召唤姬妾来，姬妾不敢不来，来了就被昭信弄死。就这样，刘去的姬妾一个一个地被杀。刘去知道昭信杀他的姬妾吗？当然知道，而且他还参与。刘去后宫的姬妾很多，最担心的事就是这些老婆们给他戴绿帽子。昭信知道刘去的心病，就经常制造谣言，某某和侍卫私通了，某某和医生有奸情了，某某和画匠同床了，等等。每说一个人一件事，刘去也不去考察真伪，抓来就杀。后来，昭信就自己任意杀姬妾，也不告诉刘去了。

女人，尤其是心狠手辣的女人，一旦疯起来是刹不住的。她要专权专宠，要把狐假虎威做成真虎真威。重要的是，狠毒的女人可以让本是她要依靠的男人转而来依靠她，用软硬兼施的手段、心计来掌控男人。民间说女人的伎俩就是：一哭二闹三上吊。这种低级办法对帝王之家是没有多大作用的，要狠，狠到皇帝、王爷也胆寒。昭信是一边用柔软和附和来满足刘去，一边对刘去的其他姬妾施以狠手。昭信是我国历史上著名的毒妇之一，我国古代有五大著名的毒妇。昭信之外，另四位是：汉高祖刘邦的老婆吕雉，晋惠帝司马衷的老婆贾南风，唐高宗李治的老婆武则天，宋光宗赵惇的老婆李凤娘。这四位娘娘的毒辣"业绩"，我就不在这里说了。

妇人的狠毒，一是对情敌，一是对政敌。情敌就是皇上或王爷的后宫姬妾，毒妇之独，是要承包皇上或王爷，别人只能是摆设；政敌是让自己的家族掌权，即使是对皇族子弟也绝不手软。女人改变历史进程都体现在这两个方面。

　　刘去有一个很喜爱的姬妾叫陶望卿，长得很漂亮，身材又好。刘去特地安排一个宫内画匠给陶望卿画像，昭信知道后，心里的毒汁就控制不住地想往外喷。于是编造谎言说，陶望卿穿得很暴露，几乎就是裸体让画匠画像；还说陶望卿常去侍卫的住处与侍卫通奸，连哪个侍卫住在哪个铺位都知道。这些话如果仅对刘去一个人说，刘去不会生气，不过是昭信的醋意大发罢了。可是，昭信的毒就在于把这些话散布到后宫和朝廷，逼得刘去不处理就是承认自己戴绿帽子了。（够狠吧，刘去也够软蛋吧。）刘去把后宫姬妾全招来大殿，自己写了一首诗（我能查到的，刘去一生就写过两首诗），让大家一起唱。这首诗是写给陶望卿的。"背尊章，嫖以忽，谋屈奇，起自绝。行周流，自生患，谅非望，今谁怨！"大意是：你背叛了我的规定，像被风吹动的落花，四处飘荡，你的想法有些怪异，你在自取灭亡。东奔西走，生出了许多祸端。我们是何等恩爱啊，可如今，你没有什么活的希望了，也不必怨恨谁了！

　　刘去的姬妾们一边唱一边忐忑：这是说谁呢？谁又要倒霉了？

　　最后，刘去让大家停止歌唱，指着陶望卿说："就是你背叛了我！"陶望卿大呼冤枉，昭信就招呼着把陶望卿抓起来，陶望卿知道必死，扭头冲出大殿，投井自尽了。到此，昭信的毒汁并没有释放结束。昭信喊人把已经死去的陶望卿从井里捞出来，扒光了衣服。"椓杙其阴中，割其鼻唇，断其舌。……与（刘）去共支解，置大镬中，取桃灰毒药并煮之，召诸姬皆临观，连日夜靡尽。复共杀其女弟都。""杙"是木桩，"椓"是捶、敲，"阴"是女人下体。不想多解释了，土匪男人都不齿于做的事，昭信伙同刘去一起做了。更缺德的是，他们把陶望卿大卸八块，抹上桃粉、毒药扔进大锅里煮熟，给陶望卿的妈妈送去。陶望卿的妈妈登时气绝身亡。陶望卿的妹妹也是刘去的姬妾，被昭信一起杀掉。然后，昭信对刘去说：你这些后宫都不老实，太难管理了，我把她们圈到一个大院子里，锁上门，她们就再也没机会给你戴绿帽子了。刘去一听，只能同意了。从此，这些姬妾再也没看到过刘去，或者刘去再也没看到过这些姬妾。于是，刘去遥望那个大院写了我在开篇时引用的那首诗。

后来，刘去滥杀姬妾的事被举报到皇上那里，汉惠帝刘盈把刘去的广川王罢免了，命其只与昭信两个人迁往上庸居住。在赴上庸的途中，刘去思来想去，觉得自己正事没干几件，丢人现眼的事干得实在太多了，没等到达上庸，就中途自杀了。刘去死后，昭信被卖到市井做职业妓女去了。

我在正史上没查到刘去管理辖区的政治业绩和生产业绩，也没看到他有子孙。

做恶事，也要讲究"道"，所谓"盗亦有道"。"道"可以容忍一定的上下浮动，但浮动是有尺度的，超出尺度就会遭受惩罚。失德之人遭惩罚，可能是来自人类的，也可能是来自上苍的。

霍显之毒

　　《汉乐府》中的《羽林郎》与《孔雀东南飞》《陌上桑》并称为三大叙事诗，是我国诗歌史上里程碑式的篇章。《孔雀东南飞》与《陌上桑》诞生于西汉，《羽林郎》诞生于东汉，据考证，作者是辛延年。辛延年除了这首《羽林郎》之外，我没看到有其他作品传世。

　　我不是要在这里谈《羽林郎》这首诗如何，是想聊聊这首东汉的诗引出的西汉的一段故事。《羽林郎》的第一节："昔有霍家奴，姓冯名子都。依倚将军势，调笑酒家胡。"译成现代汉语就是：当年霍光大将军家的一个奴才叫冯子都，依仗霍家的权势，放肆地调戏、猥亵女性，包括在酒店卖酒的少数民族姑娘。

　　霍光是汉武帝后期的重臣，是被汉武帝托孤的人。于是，霍光在辅佐小皇帝的时候，不能说不殚精竭虑、鞠躬尽瘁。为了选个好皇帝，保证汉朝刘氏江山永固，他亲自换了三个皇帝。皇帝都可以指挥着换，可见他是权倾天下了。应该承认，从汉武帝后到汉宣帝主政前，霍光为社会秩序、国土安全、百姓生活做出了很大的贡献。但是，正因为霍光有如此大的权力，才使得他的家人、包括奴才，好像身上都长了翅膀、脚下都有了铁蹄，开始肆无忌惮、飞扬跋扈、目空一切。

很多官员可以铁腕治理自己的责任区，却容忍家人（尤其是老婆）胡作非为（这好像是古今中外的大难题），最后导致身败名裂，甚至招来杀身、灭族之祸。

霍光的夫人叫显，因娘家姓无可考，史上称其为霍显。

霍显看到丈夫一人独霸天下，就放胆做事、拼命使坏了。霍显干的最大的坏事就是毒死皇后，大概了解点儿汉朝史的人都知道。《汉书》载：

> 霍光夫人显欲贵其小女，道无从。明年，许皇后当娠，病。女医淳于衍者，霍氏所爱，尝入宫侍皇后疾。衍夫赏为掖庭户卫，谓衍"可过辞霍夫人行，为我求安池监"。衍如言报显。显因生心，辟左右，字谓衍："少夫幸报我以事，我亦欲报少夫，可乎？"衍曰："夫人所言，何等不可者！"显曰："将军素爱小女成君，欲奇贵之，愿以累少夫。"衍曰："何谓邪？"显曰："妇人免（娩）乳大故，十死一生。今皇后当免（娩）身，可因投毒药去也，成君即得为皇后矣。如蒙力事成，富贵与少夫共之。"衍曰："药杂治，当先尝，

安可？"显曰："在少夫为之耳。将军领天下，谁敢言者？缓急相护，但恐少夫无意耳！"衍良久曰："愿尽力。"即捣附子，赍入长定宫。皇后免（娩）身后，衍取附子并合大（太）医大丸以饮皇后。有顷曰："我头岑岑也，药中得无有毒？"对曰："无有。"遂加烦懑，崩。衍出，过见显，相劳问，亦未敢重谢衍。后人有上书告诸医侍疾无状者，皆收系诏狱，劾不道。显恐急，即以状具语光，因曰："既失计为之，无令吏急衍！"光惊鄂（愕），默然不应。其后奏上，署衍勿论。

简言之，霍显想让自己的女儿做皇后，就迫使御医淳于衍给刚生完孩子的许皇后下毒。当汉宣帝把这些医生抓起来查问究竟时，霍显才把实情告诉霍光。霍光只是"惊愕，默然不应"。"默然不应"是什么？默许？默认？总之，结果是淳于衍免于追究，霍光的女儿做了皇后。

好像不必再加议论了。权力大的人，心里、眼里都是没有法律的。

接下来，霍显又要毒死汉宣帝立的太子，想让自己女儿生的孩子做太子。幸而未遂。

公元前68年，霍光去世，汉宣帝亲自主政后，开始逐渐削弱霍氏家族的权力，霍显感到了危机，就串联霍家人准备造反。是啊，在权力中心居住久了，怎么能忍受无权的清淡。公元前65年，霍氏被灭九族。至此可得结论，霍显之毒，不仅是毒死皇后、太子，是毒死了霍光的历史形象，毒死了满门的霍氏家族。

说女人是小女人，大概就体现在做事的小视野、小聪明、小格局、小任性而惹出大祸上吧。

回到开篇的乐府诗《羽林郎》，诗中提到的冯子都，是霍光一手带出来能做些事的家奴。可就在霍光死了没几天，冯子都就和霍显同床共枕了。（估计霍光活着的时候，他们就已经通奸了。）

呜呼，霍光！哀哉，霍光！妻不贤，奴不忠，九泉之下岂不要再死一回？

东汉辛延年写《羽林郎》，是写冯子都吗？非也。清朝人朱乾在《乐府正义》中说："此诗疑为窦景而作，盖托往事以讽今也。"这个朱乾也真不像话，把几千年来文人的"托往事以讽今"的秘密给说破了。

匡衡之偷

我家里有五本解读《诗经》的书，这些解读的著述者都是我敬仰的人。这五个解读本各有各的长处，也各有各的局限。我是《诗经》虔诚的读者，对解读本的阅读也非常虔诚。当然，我对解读本的评判也带有个人的局限性。

《诗经》诞生两千多年来，一直被奉为儒家（现在叫国学）的经典，而我主要是为了读"诗"，对"经"的部分还无法理解到位。孔子编《诗三百》时，是用来教学的，不仅是教孔门弟子，是要教全社会的，《诗三百》中有教人怎样去望星空，也教人如何关注脚下。总之，孔子是打定主意要使《诗三百》成为"经"的。汉朝是我们这个民族和国家"独尊儒术"的开始，汉朝的思想家、政治家、哲学家、教育家们深懂孔子编《诗》的用意。于是，就把《诗》缀上"经"字，就有了现在的《诗经》。"经"是哲学，由此也可以判定，哲学最初是由诗歌衍生出来的。

由此可见，《诗经》在汉朝是享有崇高地位的一部思想之经、教化之经、文学之经。这样说来，汉朝的时候，谁懂《诗经》，谁就会受到尊重。谁能把《诗经》活学活用，就可能当官儿。学得好，讲得好，用得好，就能当大官儿。

匡衡就是因为把《诗经》学好了、讲好了，当了大官儿。用得怎么样？对别人用得很好，对自己嘛，咱们先按下不表。

匡衡讲《诗经》远近闻名，汉朝当时的"讲诗界"都佩服匡衡，那些儒学大家不得不感叹："无说《诗》，匡鼎（鼎是匡衡的乳名）来。匡说《诗》，解人颐。"大意是：《诗经》上有哪些不明白的地方，就去请教匡衡来讲解。他讲解的《诗经》，可以让听者心旷神怡。了不得！相当于说匡衡是独霸《诗》坛啊！因为讲《诗经》讲得好，匡衡做了太子刘奭的老师。后来，刘奭继位成为汉元帝，匡衡就一步一步做了丞相，总理国家朝政了。

有一个家喻户晓的故事被经典化，成为一句很励志的成语叫"凿壁偷光"。这个故事在《西京杂记》上被描述成是匡衡所为。其实，匡衡无论是在家里穷的时候，还是在贫的状况下，他怎样刻苦读书少年时的学习成绩都不好，高考九次不及第，最后勉强考中了个丙科（相当于今天的职业高中或中专），后被补为太原郡的文学卒史。如果他不懂《诗经》，不会讲《诗经》，就不会当那么大的官儿，大概后世也不会有人知道他了。

"凿壁偷光"是晋代葛洪在《西京杂记》所写。《西京杂记》属于野史类，可信度不大。也许是葛洪的想象，也许是把别人的事迹强行按在匡衡的头上，反正在正史上查不到匡衡"凿壁偷光"这件事儿。不过可以肯定的是，匡衡在少年、青年时，习读《诗经》是下了苦功夫的。历史上以及今天，高考不及第，后来却在某个领域有大成就者众多。这里不一一列举。

匡衡做了丞相后，做了许多对国计民生有益处的事儿。他最大的功劳就是在汉元帝死后、汉成帝继位时，弹劾并制裁了中书令宦官石显及其党羽，为朝廷除却一个毒瘤。但是，剪除石显一党后不久，匡衡就被举报有重大贪腐行为，被贬为庶人。

匡衡作为丞相，在朝廷握有重权，渐渐地有了高人一等的意识，狐假虎威的做法也不少。同朝为官的同僚们开始对他不满，悄悄地搜集他的材料。结果，发现他有强行吞并土地四万多亩的行为。当证据确凿后，同僚们就把材料递给了汉成帝。汉成帝看了以后大怒，让匡衡解释。匡衡竟然辩解为："郡图之误。"意思是说，把地图看错了。（好吧，好像懂《诗经》的人就不会看地图，不识数似的。）匡衡最终以"专地盗土"之罪被贬为庶人，回到了他老家"凿壁偷光"的地方，不久后因病而死。

不过，我还是愿意相信匡衡曾"凿壁偷光"，而且是用来读《诗经》的。不下"偷光"的功夫，是不可能把《诗经》讲得天下第一的。有道是：一招鲜，吃遍天。何况在"独尊儒术"的汉朝。匡衡因《诗经》而当官儿，且当了大官儿；当了大官儿，就忘了《诗经》的教育，于是就胆大妄为地"偷"国家的土地据为己有。匡衡仅被贬为庶民，汉成帝已经是看在他过去有过功劳的分儿上了。

贪腐这件事，往往是职位越高，贪心越大。穷人只想一日三餐吃饱；官员或富人不是因为物资和金钱缺乏而起贪心，是用积累财富来证明自己的身价。穷有尽头，富是没有尽头的。常常是越富的人、越有权的人，越会感到不足，不是蛇吞象，是吞国。其实，所有的官员、富人都懂得财富与地狱是邻居，弄不好就会走错门。有一个成语说得非常精准："利令智昏"。"利"是诱饵，"昏"是冒险。

匡衡聪明半世，仅在划分自己封土的时候觉得有机会可贪了，"智昏"了一次。自己毁了"凿壁偷光"的光荣历史，却"偷"走了自己的后半生。重要的是，他在"偷"占国土时，竟忘了《诗经》中"硕鼠硕鼠，无食我黍"这一句。

断袖之癖

　　我一直对男同性恋持有异样的态度。男女之和为天地之和，是人伦之道，为什么要男男和？再说了，女人还有个别称叫尤物，尤物是啥？我不敢多解释了，惧怕女性朋友们打我。

　　读历史小说、唱本，常读到某秀才进京赶考要带着一个男童，白天挑担，晚上铺纸研墨，夜里同榻。那是没办法，路途遥远不能带老婆，也不能带丫鬟，青楼去不起，野鸡店不敢去，为节约开支和精力，就带个男童，也叫娈童。这种情况，我似可理解。可是，皇帝们都妻妾成群却喜欢男风，养男宠，令我费解。

　　喜欢男宠最盛的朝代是汉朝的皇帝们，以西汉为甚。汉高祖刘邦与籍孺，汉惠帝刘盈与闳孺，汉文帝刘恒与邓通，汉成帝刘骜与张放，汉武帝刘彻与韩嫣，汉哀帝刘欣与董贤，等等。不知是汉朝的刘氏皇族有这个基因，还是有这个传统。总之，他们都有这个癖好似乎很难理解。

　　当然，喜好男宠，并不是从汉朝开始。有野史认为，战国时期魏安釐王的男朋友龙阳君是有史可载的最早的男宠，因此有了一个词叫：龙阳之好。但司马迁在《史记·佞幸列传》的末尾提到的弥子瑕，要比龙阳君早上二三百年。魏安釐王公元前276年到公元前243年在位，而弥子瑕的男朋友卫灵公在位时间是公元前534年到公元前493年。

由此我想，同性恋也许是人七情六欲之中的内容吧。但是，皇帝们的同性恋，我认为还是有较大的交易成分在其中。皇帝们喜好什么，就有人愿意舍生忘死地去做什么，这是千古常识。男宠们极尽谄媚和我们现在常看到的种种谄媚并无两样，男宠们只是简单地用了自己的身体而已。司马迁在《史记》中这样说邓通："然邓通无他能，不能有所荐士，独自谨其身以媚上而已。"无所能为，就只有把身体交给皇上玩儿了。邓通把身体交给了汉文帝，汉文帝就把铜矿交给邓通，让邓通铸铜钱，让邓通富比公侯。汉武帝的男宠韩嫣，闲极无聊，把金子做成金弹子打弹弓玩儿。《西京杂记》这样描述："韩嫣好弹，常以金为丸，所失者日有十余。长安为之语曰：'苦饥寒，逐金丸。'京师儿童每闻嫣出弹，辄随之，望丸之所落，辄拾焉。"韩嫣每拿着弹弓出宫，走在长安街上，身后都跟着一群小孩，为了捡拾韩嫣打出的金弹子，用来度饥寒。

当然，邓通和韩嫣这种佞臣，其结局是可想而知的。汉文帝死，汉景帝登基，就把邓通的矿山收了，家财也没收了。最后，邓通饥寒而死。韩嫣因与汉武帝的关系，可以自由出入后宫。那么，汉武帝用了韩嫣的身体，韩嫣就去用宫女的身体，被太后发现处死了。有点爱情意味的一对儿是汉哀帝刘欣与董贤。刘欣与董贤午睡，下午刘欣要上朝议事，可上衣袖子还在董贤的身下。为了不把董贤弄醒，刘欣就把袖子剪了，给后世留下了"断袖"一词。由此，我认为汉哀帝刘欣是爱董贤的。那么，邓通、董贤真的是钟爱皇上吗？我不信。一是，皇上要臣子做什么，臣子都必须做；二是，做了皇上的男宠可以狐假虎威，获得各种利益。贡献身体是主动还是被动都不重要，重要的是男宠们发现自己也是尤物，身体也值钱，而且值大钱。

元朝时，诗人杨维桢写了一首诗，题目叫《吴农谣》："吴农竭力耕王田，王赋已供常饿眠。邓通董贤何为者，一生长用水衡钱。"诗中把农夫耕田"常饿眠"与邓通、董贤用身体换"长用水衡钱"做了对比，其反讽之意我就不赘述了。

人的爱情是对所爱之人无私奉献，是不求回报的奉献。凡是有交换意味的关系，都不能称作是爱。我常说：我喜欢一往情深，反对等价交换。于是，我一边说皇帝们真是荒淫无度啊！一边说男宠们真是可怜！但是，握有重权的人身边是不会少了谄媚的佞人的。自古以来，想获得利益、巴结权重之人就两条路，叫做：不走"红门"走"黄门"。要么送钱，要么送身体。这都是需要有厚颜无耻之勇气的。至于是否会被旁人指责或让后辈蒙羞，都不是奸佞们考虑的事儿，既得利益是谄媚者的第一要务。民间有一句歇后语：阎王爷奸小鬼，舒服一会儿是一会儿。司马迁告诫过这些奸佞："足以观后人佞幸矣。虽百世可知也。"

张仲景之药

　　我爱读闲书，逮着什么书就读一阵子，包括中医理论类的书。我在中医理论类的书籍里得到一条道理，那就是：阴盛者阳病也，阳盛者阴病也。这句话看似中医理论，其实用其观察人生也是精准的。我们眼前那些张扬着不择手段夸耀自己的人，一定是因为心虚。

　　阴盛者阳病也，阳盛者阴病也。这句话应该是东汉"医圣"张仲景总结出来的。之所以这样说，是因为这句论断不是张仲景的原创。原创是谁，我没有查考，能看到的是医学著作《素问》有："夫热病者，皆伤寒之类也。"又说："人之伤于寒也，则为病热。"《素问》也是张仲景深度研究的医学理论著作之一。张仲景有一部重要的中医理论著作，叫《伤寒杂病论》。

　　我不懂医学，不敢妄说。但是，我对中医理论是有自己的一些看法的。西医治病，要凭数据下诊断，化验、透视、照相、B超等科学手段，来确定患者得了什么病，怎样对症治疗。西医治病就是针对着病来下药，而中医没有这些手段，医生（郎中）治病基本是根据患者的精神、心态、体表特征和号脉来判断病情。望、闻、问、切，前三项都是医生在看、在听患者的状态，最后才下手切脉。切脉有多大的科学性，我没有资格去讨论。可以肯定的是，几千年来，我们的中医就是凭着"望、闻、问、切"这么治病的。而且，诞生了扁鹊、张仲景、华佗、李时珍等神医。于是，我认为，中医是治疗人生之病的，西医是治疗人身之病的。

说说张仲景的几服治疗人生的药吧。

张仲景是南阳人，十岁左右就拜当地名医张伯祖为师学习医术。随着他渐渐长大，医术也逐步提高。不到二十岁，他就已经是当地知名度很高的郎中了。当地还有一个著名郎中叫沈槐，年事已高，膝下无子女，因自身的医术不能传给后人而抑郁了。古时的许多手艺、技术都是传男不传女、传子不传婿的。沈老先生得了抑郁症，自己不出门，也闭门谢客，跟谁也不说话，眼看着这位名医就要沉沦在苦海里。当地的许多郎中也去给沈老先生瞧病、开药方，沈老先生的病不但不见好，还愈发严重。其实，他自己不想治病，谁也别想治好。张仲景自告奋勇去给沈老先生看病。张仲景给沈老先生吃了一服药，是用五谷杂粮碾成粉合在一起搅拌，搓成药丸，外表涂上朱砂，给沈老先生吃了。没多久，沈老先生发现了。原来你小子就拿这东西当药来骗我呀！于是，他就把张仲景做药丸的五谷杂粮挂在门口，逢人就说："你们看，张仲景这小子拿这个东西当药给我吃。"然后，就和大家伙哈哈大笑。沈老先生一心只想这件可笑的事儿，忧心多虑的事儿全抛脑后，不知不觉病就好了。隔了一段时间，沈老先生家又有许多人来来往往，沈老先生和大家又有说有笑了。一日，张仲景手提礼物来到沈老先生家，开门就说："祝贺沈老先生大病痊愈！"这时，沈槐才明白，张仲景给自己开了一服精神良药。

青年以后，张仲景随父亲在长沙当了个小官，晚年时逢天寒，百姓多有冻坏耳朵的。于是，他就研制了一个御寒的食疗方子，叫"祛寒娇耳汤"。所谓祛寒娇耳汤，其实就是把羊肉和一些祛寒的药物放在锅里煮，熟了以后捞出来切碎，用面皮包成耳朵的样子再下锅，用原汤再将包好馅料的面皮煮熟。面皮包好后，样子像耳朵，又因为功效是为了防止耳朵冻烂，所以，张仲景给它取名叫"娇耳"，也就是我们今天逢年过节时常吃的"药"：饺子。

张仲景还研制了一个方子，叫"五石散"。张仲景用"五石散"来驱除人体内的寒气，增强精神，恢复体力。不过，服此药后会体内燥热，要吃些冷食并要走路发汗散热，所以又叫"寒食散"。张仲景研制"五石散"就是为了治病，但是，一些人发现了这服药的另外用途：这药能壮阳（据说美国的"伟哥"最初研制出来也是为了治疗心脏病）。魏晋时期，以曹操的驸马何晏为首的一些王公贵胄，包括文人雅士，都纷纷服用"五石散"。何晏说："服五石散，非惟治病，亦觉神明开朗。"

说几句何晏吧。

何晏的父亲去世后，曹操就把何晏的母亲纳为妾，何晏就随着母亲进了曹府。何晏少年时聪慧、机敏、好学，曹操很喜欢他。后来，他娶了曹操的女儿金乡公主为妻。但是，何晏是个酒色之徒，尤其是好色。曹丕不喜欢他。曹爽坐在金銮殿上的时候，何晏才算做了官。后来，他被司马懿所杀，并灭了三族。这些就不是本文要说的了。

何晏服用"五石散"上瘾，还号召上层社会的人都要服用，口号是：真名士自风流。连"竹林七贤"的嵇康、阮籍等都乐此不疲。有野史故事载："服五石散，夜淫数女仍不解其欲。"服五石散之风，一直延续到唐代（唐代以后有了专用"伟哥"）。"五石散"的副作用就不多说了，许多常服此药的强壮汉子多中年夭折，"虽然未见人头落，暗里已经骨髓枯"。这服药成为中国古代实际的"伟哥"，其后果肯定是张仲景没有料到的。人类社会就是这样，有人是讳疾忌医，有人是没病找病，都与医者无关。

最后，摘录一段张仲景在《伤寒论》中的序文，大家看看，张仲景乃至中医是以医人为宗旨，还是以治病为任务。这段文字不够白话，但也不难读懂，实在不懂就悄悄请人帮助翻译吧：

论曰：余每览越人入虢之诊，望齐侯之色，未尝不慨然叹其才秀也！怪当今居世之士，曾不留神医药，精究方术，上以疗君亲之疾，下以救贫贱之厄，中以保身长全，以养其生。但竞逐荣势，企踵权豪，孜孜汲汲，惟名利是务，崇饰其末，忽弃其本，华其外而悴其内。皮之不存，毛将安附焉？卒然遭邪风之气，婴非常之疾，患及祸至，而方震栗；降志屈节，钦望巫祝，告穷归天，束手受败。赍百年之寿命，持至贵之重器，委付凡医，恣其所措。咄嗟呜呼！厥身已毙，神明消灭，变为异物，幽潜重泉，徒为啼泣。痛夫！举世昏迷，莫能觉悟，不惜其命，若是轻生，彼何荣势之云哉？而进不能爱人知人，退不能爱身知己，遇灾值祸，身居厄地，蒙蒙昧昧，蠢若游魂。哀乎！趋世之士，驰竞浮华，不固根本，忘躯徇物，危若冰谷，至于是也。

昭君之和

2013年，我和一队诗人到内蒙古自治区参加活动，由包头至呼和浩特。在呼和浩特时，我们参观了王昭君的"青冢"。

"青冢"传说是王昭君的墓园。之所以说是"传说"，是因为王昭君的墓园太多了，仅内蒙古自治区就有十几座，山西、陕西、河南还有。

我们去的那座墓园"青冢"据说是真的，也是最大的。偌大一座土丘长满青草，周边用青砖垒砌到一米多高，院子里有几排松柏。整个陵园除了那个坟丘和松柏，其余都是时下人新建的设施以及一些卖场。在一排房子的墙上挂着一个牌子：内蒙古自治区青少年爱国主义教育基地。我看了那个牌子，心里紧了一阵。

记得在河南汤阴（岳飞庙）"岳飞纪念馆"，也看到这样一个牌子："爱国主义教育基地"（据说文天祥纪念馆也挂着这样的牌子）。我心里紧什么？怕这些"基地"让青少年误读。

民族融合和国家的形成是一个漫长的过程，这个过程是战争与和平交替进行的过程。历史上的国家与今天的国家不完全是一个概念，而且，国家与国家之间没有严格的勘界，也没有确定的边界线。谁的武力强大就多占些土地，谁的军事战力弱就土地少点儿。所谓弱肉强食。但是，各个政权强弱的转换是很快的，互相拉锯是正常的，打打和和也是正常的。正是这打打和和，使得国与国变成了民族与民族之间的打与和。（古代的战争和今天的战争本质上没有区别，就是抢夺物质资源。）汉朝和匈奴，在汉元帝时期，也就是王昭君和亲时，已经是民族之间的事了。所以，王昭君远嫁匈奴是民族联姻。岳飞抗金，也是民族之间的争斗。如今，我不知道这些"基地"是怎样把这些故事讲给青少年听的，"和亲"与"抗击"是国家与国家的事儿，还是民族与民族的事儿？千万不要脱离历史背景给孩子们说事儿，"爱国"一词不要用在不恰当的地方。嘻，这"基地"的事儿我也管不了，就不扯闲篇儿了。聊聊王昭君。

　　在历史上，两个诸侯国之间常有联姻的事儿，最著名的就是"秦晋之好"。汉朝与几个少数民族地区的头领联姻在各个时期都有。因为汉朝和匈奴打的次数多，持续时间长，联姻的次数也多。政治联姻或俗称儿女亲家，双方不是真的希望从此一家亲，而是为了缓和关系，罢兵休战（也有缓兵之计在内）。王昭君只是众多和亲中的一个。但是，王昭君创造了一个历史记录。她嫁到匈奴后，汉朝与匈奴六十年无战事，两地边民和各自的政权都得到了发展生产、休养生息的时间。真是和和美美，可谓：腰横一段春，胜却百万兵。当然，汉朝也不断地给予匈奴地区物资供应，直至王莽篡政改"新"朝时，匈奴单于才又动兵到中原地区抢掠，理由是：王莽不是汉朝刘氏的后代，也不是我们的亲戚，我们去抢吧。

西晋时葛洪先生写了一本笔记体小说，叫《西京杂记》。书中描述王昭君入宫多年未得到汉元帝刘奭宠幸，是因为后宫画家毛延寿没接到王昭君的贿赂，故意把王昭君画得丑，等等。此种说法流传甚广，真是以讹传讹。我承认葛洪先生了不起，敢活生生地把底层社会的故事移植到皇家后院。同时，我也斗胆认为《西京杂记》真的不好看，史学价值不高，文学价值也勉强。我在正史上就查不到皇帝临幸宫女要看画像的记录，而且也没查到哪个皇帝有这个癖好。皇帝后宫确实有过画家给嫔妃、宫女画像的事儿，那是皇上哄后宫女眷们开心逗乐子的。王昭君未被刘奭召见临幸是真的，王昭君是民间选美选进宫的，选进宫的秀女一生没见过皇上的多得是。选那么多秀女进宫，一是皇帝这个职位的规定配置，二是供皇帝各种使用的库存。至于王昭君为什么会远嫁匈奴，《汉书》载：匈奴呼韩邪单于有"愿婿汉氏"之请。就是呼韩邪单于对汉元帝说：我做你们汉朝的女婿吧！咱们是一家人，以后不打仗了。于是，汉元帝才调集宫女，赐给呼韩邪。王昭君是汉元帝"赐"的五女之一。《后汉书》则载：昭君进宫多年，得不到皇帝临幸，心生"悲怨"而慷慨应召，自愿出使匈奴。正是《后汉书》这几行字，又被葛洪在《西京杂记》中继续推衍："尽召后宫，问谁能行者，昭君盛饰请行。"那么，王昭君是不是主动要求去匈奴和亲，我存疑。民间故事和传说，都是为了烘托王昭君的高尚甚至伟大，添材加料，铺平垫稳，强行给她编造了一些史料。当然，这么做是为了给后人看，或者是为了教育后人的。中国的文学，从《诗经》开始就有着很强的说教性，要为"克己复礼"服务。

汉元帝刘奭是个很不着调的皇帝，宠信宦官，庸政懒政，喜奢贪玩，西汉从他执政开始走向衰败。但是，派遣王昭君去匈奴和亲，却做了一次泽被后世的好事。

王昭君嫁给呼韩邪单于三年，呼韩邪就死了。按匈奴的习俗，新单于继位后，除了自己的生母之外，老单于的其他嫔妃都要再嫁给新单于。有史料记载，王昭君曾致信汉朝皇帝，"上书求归"，不愿服从这个习俗，想回汉朝。那时，汉朝的当家人汉成帝没有同意她的请求，并要求她服从匈奴的制度。如果王昭君上书一事真实，那么王昭君绝非是"主动请行"愿意嫁给单于的，想归、盼归才是王昭君的真实愿望（和亲匈奴后，真正归来者只有东汉时蔡文姬一人）。"和亲"本来就是牺牲、违背女子意志的政治行为，即使女子愿意远嫁恐怕也没有"主动"的资格。后来，唐朝的文成公主也是这样。

《西京杂记》中还载录了王昭君的一诗一文，诗是《怨词》，文是《报汉元帝书》。许多考证的结论认为都是伪作。

不过，根据《怨词》谱写的古琴曲《昭君怨》流传下来。

　　王昭君不去"和亲"，可能连汉朝后宫的花名册都不会有记录。就是现在，也无法说清她的真实名字。昭君是后世赐的，王嫱的"嫱"也可能是她进宫时，后宫的管理者在登记造册时给起的名——她从湖北乘船来，船以载人嘛，就嫱吧。其他"墙""嬙"尽皆系笔误。当她和亲成功，就彪炳青史了，就"昭君"了。

　　王昭君的故事我就不多说了。那次，我们从"青冢"出来，我在心里想：许多政治手段会产生什么结果，要看用什么样的人来执行。所以，用对人是第一政治。

朱买臣之妻

　　因为父母工作的关系，我家有许多以评剧和二人转为主的剧本、唱本，且都躲过了当年对"封、资、修"的收缴。那时，这些唱本、剧本我都是当故事书看的。

　　大概十岁左右，我读过二人转的唱本《马前泼水》，学会了一个词："覆水难收"。二十岁左右的时候，读《三言二拍》，在《喻世明言》第二十七卷《金玉奴棒打薄情郎》中，又看到了这个故事，不由得再一次把二人转唱本找出来重读一遍。（《金玉奴棒打薄情郎》的开场诗很值得一读：枝在墙东花在西，自从落地任风吹。枝无花时还再发，花若离枝难上枝。）及至后来看到《史记》《汉书》上关于这段故事的描写，与戏曲、小说中的描写完全不同。正史上并没有说到朱买臣妻子的姓氏，戏曲、小说都言之凿凿地说"崔氏"，目的就是要"崔氏"具象化。不管"崔氏"姓不姓崔，我要说的是，为什么在西汉时发生的一件普通小事，后来的人们会把它演绎、编造得那么轰轰烈烈呢？可以肯定的是，人们都在憎恨嫌贫爱富的女人。还有一点，是在极力地维护"夫权"，同时也一再证明女人"头发长，见识短"。

《汉书》上，仅用极少的文字叙述这段事："朱买臣字翁子，吴人也。家贫，好读书，不治家产，常艾薪樵，卖以给食，担束薪，行且诵书。其妻亦负戴相随，数止买臣毋歌呕道中。买臣愈益疾歌，妻羞之，求去。"用白话说就是：朱买臣好读书，不治家产，靠砍柴卖了换口饭吃，而且挑着柴走在路上还朗诵诗歌。老婆跟着并劝阻他，别在路上朗诵了，喉咙痒了，咱回家再朗诵。朱买臣不听，而且老婆越制止他朗诵得越来劲。她终于羞怯难当，请求离婚。后来的事大家都知道了。朱买臣说我将来会大富大贵的，老婆不信，于是两人离婚了。朱买臣的妻子随后嫁给了一个木匠。前妻和那个木匠后来还接济过朱买臣吃食。顺便说几句，在汉朝时离婚，不比今天容易。不是男人写一封休书，就把老婆打发走了。男人写了休书，必须要妻子同意，才能离婚。妻子同意离婚，一定是犯了"错误"。如果没犯"不忠不孝，大逆无道"的错误，男人是没有资格（理由）提出离婚的。汉朝时是"女惩淫欲，男恕风流"。就是女人不允许淫乱，必须守贞节。男人只要有条件，可以纳妾、嫖妓。当然，纳妾必须要大老婆（正房）同意。嫖妓属于"恕风流"范畴。朱买臣的老婆提出离婚，理由是"羞之"。穷就穷吧，还在街上大声朗诵诗歌，真是"羞之"啊！（在此奉告那些爱朗诵诗歌的朋友，一定要在适合的地方和人群中朗诵，别在大街上、马路上和不喜欢诗歌的人群面前朗诵。嘿嘿嘿。)

后来，朱买臣真是因为读书读得好当上了大官，"丞相长史"，这是位列"九卿"的官儿。(《三字经》中有"如负薪，如挂角。身虽劳，犹苦卓"。"如负薪"说的就是朱买臣。)朱买臣当官后，做了家乡的太守，回乡报答了所有给过他帮助的人，还把前妻及木匠接到府中的大院子里供养，并没有"马前泼水"的事儿。但是，前妻确实在他回乡当太守不久自杀了，不知道为什么。正史上没有说明，而所有的戏剧都说崔氏是因朱买臣不肯复婚，羞愧难当自杀的。正史上记录的朱买臣，是说他家徒四壁还刻苦读书，终修成正果，入朝为官。更多的写朱买臣在官场上的事儿，不可能为"休妻"和"妻羞"去铺张笔墨。(朱买臣在官场上为国家做了好事，也为私情做了坏事。最后，被汉武帝刘彻给杀了。)休妻一节仅是为了铺垫，后人就借题发挥，嫁接了"马前泼水"，还把天下女人的恶都汇集到"崔氏"身上，且丑化到了极致。"崔氏"不仅嫌贫爱富，还凶狠、刻毒、淫荡、贪婪、野蛮。现录一段二人转《马前泼水》的唱词为证：

崔氏女在房中紧咬牙根哪

恨只恨我的那个丈夫朱买臣哪啊

死啃书本那个呆又笨

害得奴家我们受寒贫

这数九寒天下大雪

我逼他打柴进山林

西北风冒烟雪呀越下越猛啊

他不叫雪埋是也得被狼吞

他要是嘎儿嘣儿一下丧了命

当天我就反扎罗裙另嫁人

咋地，不行啊，我可就另嫁人哎咳呀

看看，把"崔氏"刻画得多么凶狠残暴，恨不得丈夫"嘎儿嘣儿一下丧了命"。真是"三毒不算毒，最毒女人心"。（不过，女人杀夫，古今中外皆有之。当然是各种原因，为情、为奸、为财、为痛快等等都有。）戏剧上把"崔氏"写得无德、无道，无非是让"马前泼水"那一场的戏剧效果更突出，更有说服力。让"学而优则仕"成为放之四海而皆准的真理，让不忠于丈夫的女人成为败类。总之一句话，女人要死守丈夫（尤其是会读书的丈夫），不能提出离婚，男人再穷、再不靠谱，也要"嫁鸡随鸡、嫁狗随狗"。

其实，在汉朝，男人是不会随便休妻的，都"恕风流"了，何必大费周章地休妻呢！所以，不会存在男人"负心"一说。司马相如曾经想负心，可卓文君不同意，最后也就没"负"成。现代社会，男女都有负心的，引起负心的原因，基本上是两件事儿：色与钱。

《马前泼水》被改编成多种戏曲，据史料载，最早是被昆曲大师汪笑侬改编成昆曲，接着其他剧种相继移植。因戏剧的影响，朱买臣"马前泼水"的故事几乎尽人皆知。我还看到一则"马前泼水"的传说，写的是姜子牙在遇到周武王前穷困潦倒，他妻子熬不过贫寒的日子提出离婚。姜子牙说：你再等等，我会发迹的。他老婆不信他会发迹，坚决离婚。后来，姜子牙发达了，做了宰相，他老婆要求复婚。姜子牙就把一盆水泼在地上说，你能把泼出去的水再收到盆里就复婚。这大概是最早的"马前泼水"的故事。我觉得，可能真有"马前泼水"这档子事儿，只是不一定是姜子牙或朱买臣做的。编剧们把这个故事放到姜子牙或朱买臣身上，不过是使用名人效应，增加一些说服力罢了。

有一首歌的歌词这样写："故事里的事，说是就是，不是也是；故事里的事，说不是就不是，是也不是。"好了！"马前泼水"这个故事你说有就有，你说不可能就不可能吧。

主父偃之绝

　　我把手头关于主父偃（主父是复姓，偃是名）的资料翻了几遍，发现一个问题，主父偃这个人，一生除了汉武帝刘彻喜欢过他，再没有一个人肯待见他，真是够绝的。

　　其实，皇上喜欢的人是皇上觉得有用，且能为皇上所用的人。皇上用的人或者喜欢的人，和我们老百姓喜欢一个人的含义不一样。我们老百姓喜欢的人，是脾气、性格、情趣、爱好等等有相同或互补的地方，可以做长期的朋友，甚至终生不弃。皇上喜欢一个人，不需要喜欢太长时间，有可用时极力宠着，提任官职、封赏土地、赏赐黄金等等；用过了或没用了，轻者闲置起来，烦了就找个茬口推出去杀了，更甚者灭族。所以，皇上用人是使用、利用，不是交朋友。皇上用人，不需要考察人品、人格及德行，此时需要，此时宠；不需要时随时杀。"狡兔死，走狗烹"是历史经验的结晶。但是，我们看到，几千年来历史上的走狗们一直是排着队挤向油锅，等着烹。

主父偃就是给皇上写了一封长信，被皇上召见了。聊着聊着，皇上觉得此人可用，就在一年内让他连升四级，最高到了中大夫，相当于副丞相。最后嘛，呵呵，被灭了九族。

主父偃是个读书人，而且是个聪明的读书人。《史记》载："主父偃者，齐临淄人也。学长短纵横之术，晚乃学《易》、《春秋》、百家言。游齐诸生间，莫能厚遇也。齐诸儒生相与排摈，不容于齐。家贫，假贷无所得，乃北游燕、赵、中山，皆莫能厚遇，为客甚困。孝武元光元年中，以为诸侯足游者，乃西入关见卫将军。卫将军数言上，上不召。资用乏，留久，诸公宾客多厌之，乃上书阙下。朝奏，暮召入见。所言九事，其八事为律令，一事谏伐匈奴。"

主父偃饱读了诗书，在家乡却没人理睬，连顿饭钱都没人肯借（这人缘也是绝了）。然后，他游走其他国，去游说谋生，还是不招人待见。

最后，到长安求刘彻的小舅子卫青。卫青几次推荐，刘彻也不理睬。不得已，他才孤注一掷，自己写了封信给刘彻。没想到，这封信早上递到宫里去的，傍晚刘彻就召见了他。这像是奇遇，但我觉得是必然。

一个人尤其是聪明的读书人，有了大梦或野心，就会处心积虑不择手段地去实现。梦不是用来想的，是用来实现的。一个人实现梦想大概需要三个要素：天赋，勤奋，运气。此时主父偃这三项要素都占了。主父偃给刘彻写的信中谈了九件事，八件事是关于当朝法律与吏治的，一件是劝阻刘彻停止剿伐匈奴的。那时，刘彻打匈奴表面上正打得痛快淋漓，主父偃却劝刘彻停战。这就是主父偃的聪明之处。他看到了、想到了、猜到了刘彻的隐忧，触到了刘彻的痛点。所以，刘彻看到主父偃的信后，立即召见了他，交谈一阵并给了他一个官儿当。这样，刘彻就可以向文武百官交代：看看！是主父偃们劝我对匈奴罢兵，那就停战吧！我是听得进谏言的，我是很开明的嘛！哈哈。（在其时，朝内也有几个大臣上书劝刘彻罢兵匈奴。）

后来，主父偃又看到了、想到了、猜到了刘彻的忧患，进言实行"推恩令"，又得到刘彻大大的喜欢。（关于"推恩令"此文就不多说了。这一政策的实施，使汉朝的政治统治更加巩固。）于是，主父偃深得刘彻的宠爱，满朝文武看得心里恨、眼睛红。主父偃也就狐假虎威起来了，到处指手画脚、肆无忌惮，随时接受各种贿赂。而且，公开整治那些不喜欢他的人。他把心底深处积攒的怨恨变成坏水，毫无保留地倾泻出来。有大臣上书给刘彻，举报主父偃公开受贿和制造冤狱等，刘彻只是淡然一笑。那时，刘彻对主父偃不惩治，是觉得主父偃还有可用的地方，也就是还没把主父偃的所有鬼点子掏干净。

接着，主父偃揭发燕王刘定国逆伦违法等，迫使刘定国畏罪自杀。（当年，主父偃到燕国谋职，燕王没理他。）刘彻借机把燕国撤销，改为朝廷的一个郡（这相当于消除了一个诸侯国和一个诸侯王）。后来，他又对刘彻说，齐国太大了，还非常富庶，是朝廷的隐患啊！于是，举报齐王私养军队及齐王与其姐姐乱伦等。刘彻说，我派你去齐国做丞相，并把齐国的情况调查清楚，随时汇报给我吧。

这齐国可是主父偃的家乡，但主父偃最恨的就是家乡的官员和上层社会的富豪巨贾。当初，他在家乡时，人们都拿他当一摊臭狗屎，躲得远远的。不得已，他才背井离乡、到处游荡。现在，他拿着尚方宝剑回来了，真是搅得满城寒彻。他把齐王刘次景抓进监狱，严刑拷打，直至逼得齐王刘次景服毒自杀。（刘彻又借机把齐国改为朝廷直管的一个郡，刘彻内心大喜。）至于当初不待见他的那些人，个个都受到了他的严厉报复。有人看他太猖狂了，劝他收敛点儿吧，别惹恼了皇上。主父偃大义凛然或大言不惭地说："臣结发游学四十余年，身不得遂，亲不以为子，昆弟不收，宾客弃我，我厄日久矣。丈夫生不五鼎食，死则五鼎烹耳！吾日暮，故倒行逆施之。（《汉书》）"大意是：我四方游历四十多年，始终不能顺心如意。父母不认我这个儿子，哥哥不认我这个弟弟，各个诸侯王的门客都瞧不起我，排挤我，我吃苦的时间太长了。大丈夫活着的时候不能像皇家贵族那样吃五鼎食的富贵，死了也要尝试一下在五鼎油锅里被烹炸的酷刑。我都这么大岁数了，所以敢不择手段地敛财、做坏事，倒行逆施又能怎样。（哎呀！混到父母、兄弟都不认了，这得恶到什么程度？真不容易啊！）

"丈夫生不五鼎食，死则五鼎烹耳！"好勇敢！一般的常识是，坏人都怕死。主父偃做了那么多惨绝的坏事，竟然说出愿意"五鼎烹"，就这一点也值得我夸他是个有个性的男人。我年轻时读到过一句话，至今常挂在嘴边，不过都是带有揶揄地和别人说起。我没想过要那样做，一是没有那个能力和勇气，二是无法战胜自己设定的廉耻。这句话是："不能流芳百世，就让它遗臭万年。"流芳百世要有"惊天地，泣鬼神"的真才能，而遗臭万年却要发挥"死不要脸"的精神。我的才华、能力、德行还不足以流芳百世，也没有这个奢望。但让我做不要脸的事儿，还真没那个本事和勇气。

主父偃是有大才华的人，他为汉朝的政治统治立下了不朽的功勋。但是，有才华的人做起坏事来，也是玩世出奇、恶冠天下的高手。还有一句话：人若豁出去不要脸，鬼都害怕。

再后来，各诸侯王及满朝文武一起举报主父偃贪污受贿、私立公堂、冤人入狱等等，刘彻这时觉得，这个主父偃使用得差不多了，既然这么多人都恨他，就把他宰了吧！于是，查抄他的财产归国库所有。为防止他的家族里再出现这样的人为别人所用，干脆就灭了他的九族。

我相信主父偃早就知道他会有被杀的那一天，他给刘彻献计献策、讨好刘彻邀宠，就是为了撑着皇上的保护伞来发泄私愤，尽享奢靡。所以，他好事能做尽，坏事敢做绝，吃了"五鼎食"，就等着"五鼎烹"。还有一点，主父偃生前也许没想到他死后没人给他收尸。可能是因为曝尸实在是不雅，主父偃的一个（仅仅是一个）曾经的同事，给他草草收殓，埋掉。

主父偃是好人，坏人？好像不能按着社会学、伦理学、政治学去做判断，说好还是说坏，都有些不负责。在历史学的范畴里，这样的人很多，只是主父偃有点儿典型吧。

罗曼·罗兰说："真正的英雄不是永远没有卑下的情操，只是永远不被卑下的情操所屈服罢了。"我觉得，反之亦然。

严君平之卜

严君平本姓不姓严，姓庄。为什么改姓？东汉的班固在《汉书》上解释为："因避汉明帝刘庄讳，改姓，为严君平。"也就是说，汉明帝叫刘庄，所有人就不能在姓名里用这个"庄"字了。（难道现在的庄姓，都是汉明帝之后才姓庄的？）避讳是封建朝代里常见的现象，但是普通的平头百姓一般就不必去避了。庄君平不是普通老百姓，要避讳，可是为什么改姓严呢？我没找到可供说明的线索和答案，反正，庄君平因避讳就改叫严君平了。

严君平，名遵，字君平。成都人。严君平有三个身份：一是算卦先生，二是民办学校校长兼教师，三是思想家。

严君平算卦在成都一带很有名气，据史料载，他算得很精准，致使许多找不到北的人、人生混沌的官僚、富贾纷纷求他给打卦、看相、测阴阳宅。那时候算卦的工具是蓍草和龟甲，不像现在算卦的人用铜钱（硬币）和竹签。据说蓍草中有天地的信息，龟甲中有鬼神的暗示。铜钱（硬币）和竹签中有什么信息和暗示我就不知道了。严君平并不是以算卦为职业，但是要依赖算卦来糊口，所以，他算卦是三天打鱼两天晒网，赚够生活用资就停几天，这样就更让那些迷茫的人对他趋之若鹜了。据史料载，严君平算卦最著名的卦辞就是提前二十年泄露了天机。公元5年，他与一些朋友、学生在平乐山他的校舍喝酒，聊天下、聊人生，聊着喝着，半醺之后，就提笔写下了"王莽伏诛，光武中兴"八个字。那时，王莽篡汉的野心已经是天下人尽知，可公元5年，光武帝刘秀才刚刚出生。这八个字，后来真被历史应验了，严君平就成了历史上第一个泄露天机的人，也坐上了算卦界的第一把交椅。（有野史、传说载，姜子牙也是神算，但没有太具体的例证。）

中国历史上有四位"泄露天机"的人：严君平、诸葛亮、袁天罡、刘伯温。

诸葛亮未出茅庐便知天下三分；袁天罡指着未满月的武则天说这是将来的女皇；刘伯温提前十年就断定朱元璋当皇帝，他要去辅佐。神啊！这些"天机"真是被这四位神人给泄露的吗？信不信由你。嘘，不说了，也许他们已经算到了我在写他们。

都说泄露天机要遭天谴，严君平活到了九十一岁。看来严君平只是对历史进程的预测，不算是泄露。并且，严君平给人算卦时都留有口德，只解决求卦人眼前的诉求，不把话说到极致。重要的是，他不巴结官员，不恭维富商，不是指望着用算卦这门手艺敛财聚富，更不去谋个一官半职。所以，严君平是个德行较好的算卦先生，天是不会"谴"的。

我是个唯物主义者，但是，对算卦这件事还真不敢多加妄言。我就有三次被算的经历，所谓被算，就是我走在路上，算卦先生突然站在我面前说我如何如何，开始我还觉得这是骗几个小钱的，可是他们说完都分文未取。重要的是，他们说我的幼年、童年经历比我妈说得还详细。他们还说了我什么？对不起，涉及本人隐私，这里就不细表了。由是，我对算卦这个行当心存敬畏，并偷偷地感兴趣起来。《易经》中说："人谋，鬼谋。"当然，这个"鬼谋"可解释为：人的事，天都有定数。我知道一个"卦界"的常识，就是占卜、算卦是有规矩的，或者叫行规。"卦界"有四不占：一是意不诚不占，二是心不正不占，三是理不疑不占，四是事不法不占。关于这"四不占"，有一条我想多说几句，那就是"事不法不占"。近年看到许多新闻报道，说那些贪官污吏都有拜佛问道、求卦占卜的嗜好，希望那些佛祖、占卜大师能指点他们逃避法律惩罚的路径。而"事不法不占"就是告诉那些做了坏事、不法的事、伤天害理事的人，是一定要遭法律、天地、人心惩罚的，什么佛、主、上帝也不会庇护那样的人，什么神算大师也不会给占，或者占了也不会、不能为其指点迷津。如果给坏人出主意，告诉坏人怎样躲避惩罚，才是泄露天机！

严君平给人占卜的故事很多，有些故事很新奇，当然不排除后人加以演绎的成分。严君平不是每占卜一次都收费，尤其在劝有坏想法的人别再胡为时，不收费。一次，一个中年富商来严君平家求卜，刚一进院，狗就狂吠，吓得那个富商倒退着贴在一棵树上不敢动。严君平从屋里出来，稳住吠狗，对那个富商说：你是不是要休妻啊？回去吧，你老婆和你一起奋斗致富，现在你有钱了，就想休了糟糠老婆再娶，不行的。养外室或纳妾回家和你老婆商量去，休是办不到的。那富商听了，一下就懵了：您怎么知道我是要休妻？严君平笑了笑说：我这狗啊，很少狂叫，只有看到心怀鬼胎的人才这样叫；还有，你贴着树站着，人贴木不就是休吗？这位富商要给钱，严君平一挥手：去吧。富商弓腰诺诺而去。这个例子若说严君平是神算，不如说是在用自身的能力和经验来助人为善。再补一句：严君平家的狗，可能都是有神算功能的狗。

当地州、府的官员一直想请严君平入官府任职，严君平坚定地推辞不去。官员和富商拿着金银财宝来请他，反被他一顿奚落。"尔等是以不足补有余啊。"严君平对他们进一步解释说：你和你的家人们日夜操劳，积累了万贯家财，但是，你从未感到过满足，还在想办法挣钱。我现在以卜筮为业，不用下床就有人送钱来，现在我家里还余着数百钱，没有可用的地方呢，你说是不是我有余，而你不足呢？"以不足补有余"这话说得好！我们看到一些已经当了官的人，总嫌自己的官小，也不管自己的能力如何，能为社会发展做什么贡献，更不会考虑是否德位相配，使出溜须拍马的本事，想尽办法再往上爬；一些已经很富庶的人，总嫌自己的钱少，其实，他们并不知道积攒那些钱用来干什么，只是钻牛角尖似的绞尽脑汁赚钱，甚至不惜冒侵犯法律的风险，结果怎样？我就不说了。钱是用来满足温饱的，温饱之后还能略有余，何其乐也！

严君平有一句话，我很佩服，被我牢牢地记在心里，可惜读到得有些晚。此句如下："益我货者损我神，生我名者杀我身，故不仕也。"用今天的话说，就是："给我财物的人，是在损害我的精神；让我扬名的人，是在毁灭我的身体。所以，我不去做官。"

其实，严君平的主业是讲学，传授道家思想，讲老子，也讲庄子。要申明一句，庄子这个人及其著作是否真实存在，西汉之前一直是存疑的。《史记·老子韩非列传》中倒是附带着提了一下庄子，说他是蒙人（现河南商丘一带），曾经被楚威王邀请为相，庄子拒绝而终生不仕。再无他录。至于庄子的著作，那时更是不被认可的。但是，严君平能讲授庄子，而且把庄子合并到老子的道家学说里，说明他一定读了庄子的著作，并认定庄子是道家思想的一位伟人。庄子的"生有何欢，死有何惧"，严君平一定体会很深，他的"吾生亦乐，死亦乐"应该就是受到庄子影响的。

史料上记载，严君平为学生讲老子与庄子，却没记载他讲《易》。他是深得《易》之精髓的，为什么不给学生讲呢？他用《易》的一部分去占卜、打卦，赚钱养家糊口，但不去传授，不是他小气，不是怕教会了徒弟饿死师父，而是他深知一个祖训：善《易》者不卜。他给人卜，是生计；他希望他的学生先学道，做一个有道的人，而不仅是学习养家糊口的手艺。当下，我们看到许多摆摊或游走江湖的占卜打卦者，把自己弄得神神鬼鬼的，赚几个钱也就罢了，偏说自己是"国学大师"，懂《易经》。甚而开设讲座讲《易经》，收很高的听课费，所讲的内容却仅是"六爻八卦"。唉！真是没办法，这些人竟敢公然歪曲"国学"！《易经》之博大，岂是区区"六爻八卦"？是否可以这样说：善卜者，未必懂《易》。不说现在这些打着"国学大师"幌子的骗子们了，再继续谈严君平。

严君平的学生中最著名的应该属王莽时期的大思想家扬雄了。后来，扬雄也为严君平及道家的老子、庄子做了很多阐释与著述，为道家思想在中华大地的确立，起到了重要作用。于是，到了南北朝和唐代以后，道家思想才得以风靡。严君平讲学的地点是平乐山，即现在成都附近的郫县。传说此山的命名也与严君平有关，"吾生亦乐，死亦乐"是严君平的座右铭，故后人将此山改为"平乐山"。

史料记载，严君平一生著述十万言。有《老子指归》《易经骨髓》等，他的书我都没读过，不敢在这里胡说。

还是想回到严君平泄露天机那"王莽伏诛，光武中兴"八个字上。写这篇文章前，我特意去网上查了一下平乐山的资料，但是，没查到严君平曾在这座山上题写过这八个字。

究竟是严君平当年泄露的天机，还是后人借其大名泄露的呢？

我相信有天机，但不相信能被人轻易地泄露。

西汉之殇

　　人间的事就是一张老唱片，一遍一遍循环往复地播放。一组乐章里有高山的峻拔，有小溪的吟唱，有深谷的汹涌、瀑布的跌宕，也有一潭死水的空寂。你方唱罢，我登场。读完"二十四史"，也像读了一个朝代史，各朝各代发生的事都是大同小异的，最大差异是人名和场景的变换。

　　一个朝代的兴衰更替和另一个朝代的兴衰更替，其原因、内容大致一样。强盛的时代，大多是有明君。所谓明君，首先，是权力集中在自己手里，能把自己想做的安邦定国的事做成；其次，是有忠臣，出谋划策，摆正纠偏，鞠躬尽瘁，执行力强；再次，还要有雅量，能容人容事。明君有雅量比有智慧更重要，要学弥勒佛容天下难容之事。所谓忠臣，是忠于朝政，忠于国泰民安，忠于皇帝，是"苟利国家生死以，岂因祸福避趋之"。有明君、有忠臣，那个时代就会在政治、经济、文化上有较大的发展，生产力提高，人口数量迅速增长，社会生活祥和，百姓生活安泰。

衰微的时代，大多是昏君执政。昏君坐在金銮殿上，易出奸佞之臣，易大权旁落。（历史上的三大政治势力集团：太子党及宗族、外戚、宦官也叫阉党。）有些德不配位的昏君坐在金銮殿上，只管自己高兴，不问天下百姓生活状况，不考虑什么千秋万代。一副今天有酒今天醉，明天没酒喝白水的架势。那样的时代，会表现出满朝文武都摆出齐心协力要把朝廷弄破产的姿态，欺上瞒下，满嘴的歌功颂德，一肚子的贪赃枉法。即使有一些守节守德的官员不去贪腐、不祸国殃民，也是看热闹，或者隐居、辞官、诈病，反正是啥都看明白了，就是不说（也不敢说）。冰冻得太深厚，就没有活水了。雪崩的时候，每一片雪花都参与了行动。南宋的岳飞曾说：文臣不爱钱，武臣不惜死，天下太平矣。否则……否则会怎样，大家都懂。一个政权、朝廷的一号人物的性格、德行、作风，就是那个时代的风气和伦理。《诗》曰："无竞维人，四方其训之。有觉德行，四国顺之。"

最惨的皇帝，是那些表面上被称作皇帝，其实是摆设，是为奸佞弄臣所用的令牌。所谓"挟天子以令诸侯"。这样的皇帝在历史上也不少。西汉末年，最后的三个皇帝，一个是昏庸，一个是傀儡，一个是影子。

汉哀帝刘欣，十九岁继位，二十五岁死掉，死亡的原因是精尽而亡。有史料载，刘欣贪色纵欲，过量服用春药，把身体掏空导致"英年早逝"。刘欣贪恋女色，也好男风，他与董贤的"断袖之癖"已成典故。顺便说几句，有些男人为了获得自己的利益，拍马屁时不择手段，不顾廉耻，真是让人恶心。我就见过一位，为了能够早日提拔，围着领导摇头晃尾，屁颠儿屁颠儿像个哈巴狗儿。这种人真不如董贤，董贤不过是贪图享乐而已，况且，董贤有被迫的可能。那时候是"君让臣死，臣不死不忠"。刘欣在位六年，就干了一件正经事儿，登基之初就罢免了王莽，用左将军师丹担任大司马，主持朝政。师丹还是做了有利于农业生产和吏治、法律等一些事儿。但是，他没能贯彻到底，遭到各方势力的掣肘。皇帝又日夜在女人的肚皮或男人的屁股上不问朝政，不给他做主。刘欣死了，这些积极的规章制度、发展生产力的措施也就废了。西汉的灭亡，应该是从昏庸的哀帝刘欣开始的。或者说，刘欣加速了西汉灭亡的进程。接下来的皇帝是刘衎，史称汉平帝。刘衎和刘欣一样，都是汉元帝刘奭的孙子。

平帝继位，王太后就把手伸了过来，先逼死董贤（董贤确实该死），再请回王莽任大司马，掌丞相事。

汉平帝刘衎登基做皇帝的时候才九岁，开始是王太后垂帘听政，后来王莽就替他姑姑王太后主政了。王莽把持朝政，做的第一件事是把刘衎的母亲卫氏送出皇宫，让他们母子分开，也就是不让卫氏给刘衎出主意、理朝政；然后，对大臣们恩威并施，排除异己，安插亲属、亲信进入权力机构，形成了自己的势力集团，并敦促群臣上表奏给他姑姑王太后，表彰他辅佐功高，如周公吐哺，赐号"安汉公"。王莽做的这一切，既不用禀告皇帝刘衎，也不必等刘衎批准。王莽要干什么天下人都明白，就刘衎这个皇帝不知道。后来，刘衎长到十四岁开始懂事了，王莽就用一壶药酒把刘衎毒死了。此时，王莽的篡汉野心开始显露出来。篡政是不道德的，是要逆人心的，这个道理王莽懂，但是野心这个东西，一旦发作就不好控制。金銮殿上的龙椅魅惑力太大了，权力这个魔鬼的魅惑力太大了，再加上没人敢拦住他，当时也没有任何一股力量能拦住他。他想当皇帝，他太想当皇帝了。尽管他知道刘氏家族已经没有能力阻挡他，他还是有点儿恐惧与羞涩，不能刘衎一死自己就直接登基改朝，要再过渡一下。于是，他就找了一个更小的只有两岁的娃娃刘婴做"太子"，他做"摄皇帝"。这事儿看上去有些荒唐，可确实是史实。

应该佩服王莽的想象力，能想出这么个过渡的办法，先安抚一下朝臣与民意，等水到渠成的那一天，再黄袍加身。王莽把年号改为"居摄"元年，他的做法终于引起刘氏家族和一些汉朝老臣们的不满，部分刘氏的皇亲国戚们开始起兵讨伐。由于是局部的小股力量，很快就被王莽镇压下去。军事斗争的胜利让王莽更加有恃无恐，他不能再等了，他不想做"假皇帝"，要做真皇帝。苦思冥想后，他就自己和自己唱起了双簧。先是武功县县长孟通在挖井时，发现一块上圆下方的大白石头，上面写有"告安汉公莽为皇帝"八个血红大字（这是明晃晃地抄袭陈胜、吴广在鱼肚子里放字条的做法）。然后，是四川梓潼太守哀章制作并送来了一个铜匮，就是铜匣子，匣子里装了两条书简：一简册上写着"天帝行玺金匼图"；另一简册上写着"赤帝行玺某传予黄帝金策书"。其中的"某"指汉高祖刘邦，这个"黄帝"就是王莽。意思是说，天帝和汉高祖刘邦传位给王莽。"图""书"中都写了"王莽应做真天子"。同时，将王莽宠信的几个大臣以及哀章自己的名字也写在上面，说这些人应该当大官辅佐王莽。各位看官，千万别笑！汉高祖刘邦把皇位禅让给王莽？（再一次强调：不许笑！）这事儿不需要你信我信，王莽信了就成。这不是胆子大，是王莽的想象力只有这样。想象力的发散会有许多方向，对于丧心病狂的人，想象力是用来编故事哄自己的。像在掩耳盗铃，做缺德事儿的时候不必考虑故事的合理性、可靠性，只要能给自己一个说辞就行了，只要有人配合、唱和、跟着他腚后头说屁是香的就行了。历史上，最不缺的东西就是马屁精。刘邦传位给王莽不是真事儿，但那个匣子里装的书简就这么写的是真事儿，王莽按着书简里说的去做了也是真事儿。人要是豁出去不要脸了，上帝也拿他没办法。还有一条法则：人在做不要脸的事儿时，学会自欺欺人就可以遮羞了。

王莽受拜做了皇帝，改国号为"新"。把公元8年十二月初一作为"新"朝建国元年正月初一，改长安为"常安"。至此，由刘邦建立的西汉王朝历时二百一十年，彻底崩塌。

从那时起，各地反王莽的起义一直没断，"绿林军""赤眉军"，以及以刘氏皇族为代表的几支部队与王莽战斗了十几年。最后，刘秀恢复汉室，史称"东汉"。这是后话，现在打住。

呜呼哀哉，西汉！

　　西汉从刘邦开始到王莽建立新朝的二百一十年，为中国社会的发展奠定了具体的模式，人们接受了"大一统"的思想理念，进而使得政治、经济、军事、外交、科技、文化等领域有了"大汉民族"的意识。儒家的"仁义礼智信""忠孝廉耻""温良恭俭让"等思想成为全社会道德伦理的行为规范；汉语、汉字、汉服等在不断地融合各民族文化的基础上得到了完善和发展，成为人类重要的文化符号；造纸、金属冶炼、"丝绸之路"，为世界经济、文化的发展、融合做出了里程碑式的贡献。

　　其实，王莽即使把朝代改了，所使用的政治、经济、军事、文化的体系还是汉朝的。至今，我们依然沿袭着汉文化。我们只能去丰富和发展汉文化，改辙是不可能的。

　　王莽在龙椅上坐了十六年，一天安稳的日子也没过上。一方面是他做贼心虚，另一方面是讨贼之声四起，最后还是被汉室宗亲刘氏集团的刘秀夺去了皇位。

扬雄之混

　　孟子说：人之初，性本善。荀子说：人之初，性本恶。扬雄说：人之初，善恶混。哈哈，谁说得对？都对。他们各自的出发点不同，社会经验不同，对人类行为的期望值不同。所以，有不同的答案。如果问我，我同意扬雄的观点：善恶混。还有，对善与恶的判断，不同阶层的人有不同的结论。岳飞抗金，宋高宗就认为是恶，全体国民认为是善。

　　扬雄是西汉末年的大文豪，人们都习惯把他和司马相如相提并论。但是，扬雄一辈子写的文章都是在模仿司马相如，只不过是创造性地模仿。扬雄的偶像是司马相如，他每写文章时，都要把司马相如的文章放在案头。"每作赋，常拟之以为式"（《汉书·扬雄传》）。他模仿（其实是学习、借鉴）的是司马相如的精神气质与美学境界，而不是字词句章。在我看来，论才情与文本力量，扬雄应该比司马相如强得多。

　　司马相如与扬雄都有一个毛病，就是口吃，俗称结巴或磕巴，医学上叫做"语阻"。我就有这样一位说话磕巴的哥们儿，说话时会在某个字词上徘徊、重复几次。我俩都曾经当过老师，我给他编过几个段子。其中一个段子，在朋友中小有流传。我捏造说，他给学生读课文时，这样读："鱼儿离不开——开水。"但是，他一喝上酒，说话就流利了。扬雄也是如此，平时说话磕巴，喝上酒，话如瀑布。所以，扬雄极其擅酒。

有史料载，扬雄本姓杨，他为了表示自己的特立独行，不与其他"杨"姓相同，自己改成了"扬"。这个说法我没找到确切的佐证，甚疑。我更相信另一种说法，即明代以后的印本把"杨"错印成"扬"，后来就以讹传讹约定俗成了。嘻！不管是"杨"还是"扬"，我们只考查其人本与文本吧。

扬雄四十多岁才进京，因其文章有才华有气势并广为流传，被推荐入朝当了个小官。那时的西汉王朝已经在外戚王莽的基本控制下，明争暗斗很是激烈。扬雄是从四川盆地到长安城的，家境并不是很好，内心带着一些恐慌和自卑。所以，到了京城不久，就写起了歌颂汉成帝的文章。虽然文采飞扬，但还是马屁的味道十足。后来，王莽夺了汉朝的龙椅，自己坐上去了，扬雄依然做着他的文职小官。这时，扬雄又写了一篇歌颂王莽的文章，这篇文章读着有点儿肉麻。"周公以来，未有汉公之懿也。"王莽曾自封安汉公，文中的"汉公"就是指的王莽。我能理解的是，扬雄想专心写作，就要有个可以安心的环境。那么，他一定知道当了皇帝的人都喜欢听"颂圣之声"。于是，他就使劲拍一下马屁，争得好环境，然后就能安心写作了。这是我以一个作家对另一个作家善意的解释。扬雄写这些"颂圣之声"，究竟是出于什么心态，公说婆说大家说去吧。

有一件事儿，足见扬雄在京城一直是活得胆战心惊，那就是"跳楼事件"，也称"扬雄投阁"。与扬雄同朝为官的刘歆把儿子刘棻交给扬雄，请扬雄当老师。扬雄不好推辞，就接纳了这个学生。但是，这个刘棻伙同一些人给王莽整蛊，被王莽发现，把刘棻等捕杀了。办案的人觉得扬雄是刘棻的老师，很可能是同伙，就去抓扬雄。扬雄一急，就从办公室的阁楼上跳了下来。阁楼不高，只是摔伤了，命还在。后来，查明扬雄没参与刘棻们的事儿，就没有再对扬雄追究。再后来，又给他官复原职了。这一跳，对扬雄的教育和触动还是很大的。从那以后，扬雄真的成了专业作家，不问世事，直到退休。

不得不说，扬雄的《甘泉赋》《河东赋》《法言》《太玄》等篇对后世的影响是很大的，作为一代文豪是当之无愧的。一些学习扬雄文章的读后感和评价这里就不说了，想说说眼前的事儿。我们看到当下有一些到处写赋的人，那些人大部分都在学习、临摹扬雄，但是只临摹了一点儿皮毛，内在的精神、气质没有学到，更不堪的是本来没才华，却要装腔作势地蒙人。（嘿嘿，我说的不是你认识的那个人，不许对号入座。）和当年扬雄学习、临摹司马相如完全是两回事。扬雄学司马相如，是青出于蓝而胜于蓝的。《三字经》："五子者，有荀扬，文中子，及老庄。"其中，"有荀扬"中的"扬"，就是指扬雄。唐代的刘禹锡在《陋室铭》中写道：

"南阳诸葛庐，西蜀子云亭。"扬雄，字子云。"子云亭"说的就是扬雄的家。虽然在《陋室铭》中诸葛亮与扬雄并列，但是，《三国演义》中诸葛亮在东吴舌战群儒时，着着实实地把扬雄讥讽了一通（诸葛亮很瞧不起扬雄捧王莽的臭脚）。"且如扬雄以文章名世，而屈身事莽，不免投阁而死，此所谓小人之儒也。"

"子云亭"其实是"子云宅"，"亭"和"宅"的语义是截然不同的。"亭"，是具有公共性质的建筑；"宅"，是私人居所。刘禹锡要说的是扬雄的私人居所，但为了韵律要求，就改"宅"为"亭"了。以韵害意的事儿古人也没少做。《陋室铭》被传诵以后，各地纷纷建"子云亭"。据史料载，仅四川就建有几十座。后来，都因各种原因坍塌、毁掉。目前，绵阳市西山景区还有一座"子云亭"，是1987年建的。据说，当年扬雄进京时曾在那儿住过几天。所以，绵阳就有理由建一座"子云亭"了。这个"子云亭"有一副对联，值得一读：

八百里飞天大道，袖拂云霞，高歌过剑门，翠廊连新市。看旗山雄，鼓岭峻，宝塔秀，神龟灵，西蜀名亭，蓬荜辉新，须知铭陋刘郎早向先生深致敬；

两千年吐凤奇才，胸罗宇宙，余韵腾涪水，书台仰古风，想长卿赋，子安文，少陵诗，永叔史，中华贤哲，词章卓古，尚有赏心介甫犹令后进倍倾城。

扬雄退休后，闲居在家，一些人想找他聊天或请教一些学问，扬雄就要求必须带酒来。成语"载酒问字"，就是这么来的。

那么，怎样评价扬雄呢？我还真不敢一言以蔽之。我只能说，一个想专心著述的作家，一定要有一个好的环境。如果写几篇"颂圣之声"就能获得好的环境，也是值得同情和理解的。天下许多成功的事儿，都是通过妥协完成的。是否可以这样说：因为扬雄有勇气妥协，才在写文章上获得了更大的成功？

人要善恶混，如扬雄。

牡丹之秀

　　牡丹是普通的灌木植物，在我国的东西南北各处可见。种植面积比较大的洛阳、菏泽一带，每年都以牡丹来命名节日。我原来以为牡丹的名字是明代的李时珍命名的。《本草纲目》说：牡丹虽结籽而根上生苗，故谓"牡"（意谓可无性繁殖），其花红故谓"丹"。后来，发现我的认知错了。在河北柏乡一带，牡丹的名字叫"汉牡丹"，也就是说，汉朝时这种植物就叫牡丹了。于是，又翻资料，我终于看到《神农本草经》记载："牡丹味辛寒，一名鹿韭，一名鼠姑，生山谷。"《神农本草经》又称《本草经》或《本经》，是中医四大经典著作之一，也是现存最早的中药学著作，约起源于神农氏，代代口耳相传，于东汉时期集结整理成书。学无止境啊。只读一本书就确定认知，往往会贻笑大方的。

　　柏乡一带为什么把牡丹称作"汉牡丹"？当地有个民间传说，这个传说和东汉光武帝刘秀有关。

　　传说的大意是这样的：王莽追杀刘秀，刘秀已经精疲力竭无处可躲时，看到一截断墙就翻身滚了过去，然后就昏迷不醒，王莽的追兵愣是没找到他。原来，断墙后是一片牡丹。刘秀翻过墙倒在牡丹丛中，牡丹迅速伸展枝叶把刘秀埋藏起来，躲过了王莽部队的追杀。刘秀醒来后，发现是牡丹花丛救了他，就在断墙上提笔写了一首诗。（奇怪！刘秀像被狗撵的兔子，怎么身上还带着笔墨？）诗如下："萧王避难过荒庄，井庙俱无甚凄凉。惟有牡丹花数株，忠心不改向君王。"不用考证，这诗肯定不是刘秀写的，明显是后人捉刀。那时的刘秀有当"君王"的想法，但还没有完全暴露出来，他还是更始帝刘玄的萧王。另外，这诗也没有帝王之气，像是乡村秀才所为。在这个传说里，唯一可信的是，牡丹的茎最高可长到两米，春夏之交枝叶繁密，藏个人是没问题的。还有就是，这里的牡丹从此就叫"汉牡丹"了。

关于王莽追杀刘秀的传说特别多，有的神乎其神，这里就不一一细说了。这些传说就一个目的，给刘秀得天下做皇帝找依据，无非是说刘秀做皇帝是天赐神授的，刘秀是真命天子。

不过，有个问题还是要说一下：王莽根本就没追杀过刘秀，两个人一生也没见过面。王莽公元8年封自己是皇帝时，刘秀才三岁；公元23年，刘秀才随他哥哥刘海加入起义队伍。公元25年，王莽就被起义军杀了。

王莽失败于政治制度和经济政策。当然，王莽如何失败不是本文要讨论的。王莽在金銮殿上确实是一天也没安稳，有点儿做贼心虚的感觉，怕官员们不服，怕刘氏集团起来轰他。他不怕百姓，百姓吃饱了就什么都好，吃不饱也不能把他怎么样，手无寸铁，无组织、无纪律，不用怕。其实，王莽最怕的是刘氏集团的皇亲国戚们让他归还政权。

据野史载，当时王莽在宫里养着一位道士，夜观天象时见"彗尾扫帝星"，便得出结论：刘氏集团应当会很快重新掌握皇权，而带领军队夺权的人名字叫做刘秀。同时，在民间也有流言传出"刘秀发兵捕不道，四夷云集龙斗野，四七之际火为主"，这又与道士的推测不谋而合。于是，王莽到处寻找叫刘秀的人捕而杀之。在正史里，王莽确实杀了一个刘秀，是大学问家刘向的儿子，这小子本来叫刘歆，后来听到民间的传言，说刘秀是将来的皇帝，就把自己的名字改成刘秀。这个刘歆改成的刘秀，看到王莽的执政能力很差，必不会在金銮殿上坐太久，就与一些人密谋造反，被王莽发现，捉来杀了。而那时，真刘秀正在老家勤恳务农，偶尔到集市上贩卖些土特产养家糊口呢。

王莽末年，是中国历史上皇帝最多的时期。绿林军、赤眉军、各地区武装、刘氏家族的几支部队都立了皇帝，如刘婴、刘玄、刘望、刘盆子、刘永、王朗、公孙述、刘秀。公元25年，刘秀称帝后逐步剿灭各股势力，用十二年的时间才统一了中国。

刘秀剿灭王朗时，有一个故事值得提一下。王朗被灭后，汉军的将士在王朗的办公室里搜到了一些文件，其中有上千件是汉军内部与王朗勾结，说刘秀如何不好的密信。刘秀看也不看，召集文官武将到大帐前，说："把这些信都烧毁了吧！让那些写信的人别再忐忑害怕，都安心地工作。"此招厉害！不然，得有多少人患抑郁症，有多少人准备逃跑，甚至还会起事造反。刘秀也是历史上少有的不杀开国功臣的皇帝。

刘秀还有一个故事，创造了一个成语。刘秀做了皇帝后，想把他做了寡妇的姐姐嫁给大司空宋弘，暗示宋弘同原来的妻子离婚。宋弘说："贫贱之交不可忘，糟糠之妻不下堂。"有理有情地拒绝了刘秀。"糟糠之妻"一词就是这样来的。

在正史上，再没有找到刘秀关心牡丹的事儿，不是刘秀忘恩负义，是牡丹救刘秀的传说本来就是子虚乌有的。传说都是民间的愿望，或者当地的百姓多么希望那里的牡丹救过刘秀啊。至于柏乡一带的牡丹为什么叫"汉牡丹"，除了这个传说，至今还没找到其他解释。

严光之孤

1949年4月，毛泽东写了一首诗《七律·和柳亚子先生》，诗中有这样一句："莫道昆明池水浅，观鱼胜过富春江。"众所周知，在此诗之前，柳亚子先生写了一首《感事呈毛主席》，诗中有："安得南征驰捷报，分湖便是子陵滩。"毫无疑问，柳亚子想隐居，不想出来为新中国工作，毛泽东以诗回应，并带有批评的劝慰。后来，柳亚子没能隐居成功。我不是要谈毛泽东与柳亚子对诗，也不谈柳亚子为什么有隐居的想法，我想说的是，这两个人的诗中都提到了一个人：东汉的严光，严子陵。

严光是历史上著名的隐士，是真正的"天子呼来不上船"的高人。

所谓隐士，就是隐居之士。但能成为隐士，一定是在官场有过地位或江湖上声名大噪后才去隐居的人。"大隐隐于市，小隐隐于野。"（比如陶渊明在"采菊东篱下"之前，已经是名满天下了。"竹林七贤"大多不算隐士，他们多是在官场失意后，在山林里借酒浇愁，并蓄势待发。）那么就可以断定，所有的隐士都是半路而隐的。有看破红尘或厌倦尘世的意味。严光是个例外。

严光少年时是刘秀的同学，两人十分要好，在刘秀还胸无大志的时候，严光没少教导刘秀。后来，刘秀起兵谋大事时，严光也提供了一些智慧。当刘秀成为汉光武帝的时候，严光就隐姓埋名地遁形了。

刘秀坐稳了天下，思贤若渴，便想起老同学、老朋友了，可是苦于找不到他，刘秀就描述严光的长相，让画工画像描形，命令各地张贴布告，寻找长得如此这般的人。后来有人来报，在齐地的一个大湖边（我估计是今天的微山湖），看到一个这样的人披着羊皮袄在钓鱼，刘秀就派人拿着礼物去请，一次没请来，两次没请来，第三次刘秀亲笔写了一封信，请来了。刘秀的信写得很谦虚，很诚恳，还带着可怜相。如下："古之大有为之君，必有不召之臣。朕何敢臣子陵哉。唯此鸿业，若涉春冰，譬之疮痍，须杖而行。"用今天的话说：哎呀，自古以来那些想干出大事业的君王，就有招不来贤臣的先例，我怎么敢让你严子陵做我的臣子呢？但是，我现在这个皇帝要做的事，是天下的第一大事，却像走在春天里即将开化的冰河上，需要你严子陵像拐杖一样来扶我前行啊！这封信打动了严光，决定去京城会一会刘秀。

关于刘秀派去的人前两次没请动严光，民间有许多传说。比如，严光看到追他的人将近，在雪地上，他就倒穿鞋上山，追他的人看到脚印，以为他从山上下来了，等等，无非是刻画追他的人蠢笨而已。

严光来到京城，刘秀安排他住在城北的一处居所，派人照顾、服侍着。这时，严光的一个旧交，已经做了刘秀的司徒（相当于丞相），叫侯霸，派人给严光送来一封信，大意是：你来了我很高兴，但是因为职务的原因，不便去看望你，希望你傍晚来找我，咱们叙叙旧。严光对送信的人说，我不写信了，你替我口头传达：你告诉侯霸，刘秀请了我三次我才来，我连刘秀都不去看，我怎么能去看他。再告诉他，已经位居高职，如果他能心怀仁爱，尽心辅佐刘秀，天下都会说他好，如果他只会溜须拍马阿谀奉承，早晚身首异处不得好死。

这几句话说得很结实，但也暴露了严光的隐士身份不够纯粹。侯霸就把这事告诉了刘秀，刘秀一听，嘿嘿一笑，说：这就是严子陵啊！当晚，刘秀就来到严光的住处。严光躺在床上闭着眼睛，刘秀抚摸着严光的肚皮，开始掏心掏肺，絮絮叨叨，严光就是不睁眼睛。真是皇帝也喊不醒装睡的人。后来，刘秀带着哭腔说："子陵啊子陵，你为什么不能帮我治理国家呢？"这时严光把眼睛睁开了，说："士故有志，何至相迫乎！"刘秀无奈打道回府了。

我猜想，严光看到刘秀的信来到京城，大概有点儿想入世的欲望了，可刘秀来劝他时，他又一语回绝，是不是侯霸的那封带着官僚主义的、趾高气扬的信导致的呢？官僚主义真是要不得啊。

后来，刘秀请严光到宫廷里聊天，刘秀问严光在乡野的生活情况，严光兴高采烈地讲怎么钓鱼，怎么煮鱼下酒。刘秀说：你这日子过得不错嘛。严光马上接着说：我有那么惬意的日子过，你怎么忍心让我舍弃呢？此时的严光在京城待了些时日，一定是看到、听到、想到了许多政治、军事、经济的事儿，决定不在朝廷里为官，继续隐。

此间，还发生了一些事儿，比如，刘秀与严光聊天聊得太晚，邀严光同榻而眠，严光竟把大腿压在刘秀的肚子上等等，如果真有"腿压天子"其事，我认为严光也是故意的。隐士嘛，除了敬天地、父母，就没有什么值得敬畏的了。

刘秀封了严光官职，严光不受，跑到富春江边，继续钓鱼不观涛，饮酒不邀月。直至八十岁，病逝在老家余姚。

宋代的范仲淹，很是仰慕严光，建了一座严子陵祠堂，并撰写了《严先生祠堂记》，该记中有这样几句："云山苍苍，江水泱泱，先生之风，山高水长。"这是夸人夸到极致的节奏（范仲淹本来就是个抒情圣手）。同是宋代，也有人对严光不屑。"一着羊裘便有心，虚名留得到如今。当时若着衮衣去，烟水茫茫何处寻。"一句话，你严光若是没有名望之心，谁也找不到你。我觉得这种说法过于挑剔，甚至刻薄。一个高人雅士能做到严光这样，只把刘秀当同学，不把刘秀当皇帝，已实属不易了。

我对严光也有一点儿小意见。据史料载，严光精通医术，却没找到他行医的记录。你严光不给皇帝治病，怎么老百姓的病也不给医呢？但这点儿意见，并不影响我对严光的敬佩。

富春江畔桐庐县建有"严子陵钓台""严陵濑"等。柳亚子和毛泽东诗中的"子陵滩""富春江"都是暗指严光。

马援之择

在汉朝的历史上,有两位将军是值得后世尊重和敬仰的。一个是西汉的霍去病,一个是东汉的马援。霍去病两次北征匈奴,马援两次南征交阯(今越南北部)。他们都完成了边疆的稳定和民族融合,而且还为汉朝开疆扩土,建立了新的版图。但是,就这两个人而言,我更敬重马援一些。霍去病当年英勇善战也年轻气盛,是带着贵族的傲慢指挥部队完成的北伐(霍去病仅是征讨过匈奴)。霍去病心里装的是皇上,唯皇命是从;而马援始终以一个战士的身份为国泰民安尽心竭力,心里装的是国家与百姓的安危(东南西北的边疆及平复内部叛乱都有马援的战功)。所以,两个人的结局也不一样。霍去病虽然英年早逝,但一生未受过什么大的屈辱。马援自从跟随刘秀起就被猜忌和怀疑,即使战功赫赫时,刘秀一边给马援加官晋爵,一边提防着他,直到马援死前几乎被治罪灭门。

当然,军事将领的政治待遇不同,是有多种因素的。其中最重要的因素,是当政者即皇帝的心胸、境界、追求、格局。汉武帝刘彻是在政权稳定、财政有积蓄的时候下定决心要征服匈奴的。而刘秀一直处在加紧稳固政权的过程中，且刘秀有"总揽权纲""政不任下"的小气病。刘秀这个不放权的毛病他自己知道，他给自己解嘲说："我自乐此，不为疲也。"（"乐此不疲"的成语，就是刘秀创造的。）刘秀对权力的极度把控，不放权给任何人，实际上是不放心任何人。像马援这样的将军，能征善战，屡战屡胜，会安抚民心，懂得地方的行政管理，得军心民心者（马援部队的战士曾伏地向马援高呼"万岁"），大有功高震主之势，刘秀怎么能不防范。刘秀确实没杀开国的武将功臣，但不是不防范那些能带兵打仗的将军。刘秀建国后，采用"退武将，进文臣"的策略。刘秀充分使用马援的文才武略，始终也没把马援当作嫡系与近臣。这和刘秀的襟怀有关，也和马援的性格有关。

马援不姓马，本姓赵。祖上是赵国的大将赵奢，因赵奢被赵王赐"马服君"，后代子孙就改姓马。这种使用官姓或被赐姓的情况，在历史上是屡见不鲜的。著名的商鞅，本姓公孙，因官职是"商"，故被习惯地称作"商鞅"。

其实，马援是罪臣之后。他的曾祖父马通的哥哥马何罗参与了江充谋反，刺杀汉武帝未遂，被诛杀。幸好没被灭族，但马氏家族也成为了庶民。王莽执政时曾邀马援做官，被马援拒绝了。王莽末年，西北地区重要军事力量的首领隗嚣邀马援共事，马援与其是好朋友，就放弃了农耕、放牧，开始了自己的政治与军事生涯。王莽的"新"朝末年，是中国历史上少有的几个混乱时期之一，军事力量有十几支，皇帝有七八个。隗嚣最初依附王莽，后来又反王莽，当时的重要政治力量有洛阳称帝的刘秀和在四川称帝的公孙述等。隗嚣希望找到一个新主子，并得到重用。公孙述是马援的老乡也是朋友，隗嚣就让马援到四川去考察一下。马援本想与公孙述好好聊聊当下和未来，可是公孙述却摆了一个很大的场面，穿着定制的服装，召集文武百官接见马援，马援立刻就心凉了：这么个小格局的人，刚据有蜀地的一部分就以为得了天下似的，简直是井底之蛙。马援回来对隗嚣说："天下究竟归谁还说不准的时候，公孙述这小子却大搞形式主义，肯定成不了大事。我们还是向东去看看刘秀怎么样吧。"于是，马援又来到洛阳。

刘秀见了马援，笑着说："卿遨游二帝间，今见卿，使人大惭。"援顿首辞谢，因曰："当今之世，非独君择臣，臣亦择君矣。"（《后汉书》）刘秀说："你在公孙述和我这两个称帝的人之间游走，我今天看到你，有点儿惭愧啊！"马援说："当下的形势，正在混乱之中，你们当了皇帝的人在选择能臣，我们做臣子的也在选择明君贤主啊。"刘秀听到马援这等说法，不但没生气，反倒很高兴，心里认定这是个实在人。当皇帝的能听到真话很不容易，耳朵边全是甜得发腻的赞美与奉承，看到的都是谄媚的奴才相。当然，皇帝们听到、看到那些甜言蜜语及奴才相也是很受用的，尽管知道听到的、看到的不一定都是真的。马援的这几句话，一方面真实地反映了马援等等这些地方武装头领的心态，另一方面也直白地告诉刘秀：我马援不是随风倒的白痴。而且，这几句话的文化含量也很大。"君择臣，臣亦择君"之语出自孔子"鸟则择木，木岂能择鸟"一句的推衍。我们现在常说的"良禽择木而栖，贤臣择主而事"也是后来根据孔子的这句话衍生而来的。

刘秀看中了马援，马援也看中了刘秀。就这样，马援将后来的岁月全部交给了刘秀的东汉王朝。建武八年，刘秀亲征隗嚣（那时，隗嚣已与马援决裂投奔了公孙述并率军袭击汉军），马援请刘秀在军营中坐定，然后对所有的将军讲解敌我形势，同时，用大米在桌上摆出了山谷、道路、河流等地形。刘秀感慨地说："虏在吾目中矣！"（敌人已经在我眼皮底下了！）马援用大米堆成的地形图，就是我国军事史上最早的"沙盘"。

马援屡建战功，刘秀每次给马援一些封赏，马援都立即分给与他一起战斗的弟兄们。个人不留私财，是官员中难得的品格，因此也彰显了马援清廉、高尚的情怀。每逢听到国家有战事，马援必定请命率军前往。马援的好朋友孟冀劝他该休息休息颐养天年，别再领兵出战了。马援说："大丈夫应该战死在疆场，用马革裹尸安葬，怎么能躺在床上死在老婆孩子面前呢？"（成语"马革裹尸"就是这么来的。）马援六十二岁的时候，又一次领兵去平定交阯叛乱。那一次，马援真的死在了前线，是病死的。

马援一直选择去前线打仗，不喜欢在京城过官员的生活，表现出一个军人的本色。同时，也表现出他不习惯官场的假意逢迎、尔虞我诈。

马援无意中得罪过一个"小人"。这个"小人"却是个大人物，刘秀的女婿梁松。梁松诽谤马援，刘秀很知情，却不加抑制，而是任由梁松妄为。道理很简单，马援的功劳太大了，影响力也太大了，必须要给他制造一些负面的东西制约和控制他。"家书事件"就是窦固、梁松蓄意发起，刘秀暗中助推所造成的。至于"明珠之谤"，纯粹是梁松刻意制造的事件。马援征讨交阯，发现薏米好吃还有药用，就送回来几车薏米。梁松就到刘秀处告发，说马援搜刮回来几车珍珠。刘秀大怒（绝对是故意装怒，刘秀明知马援一生不好财），委派梁松去前线夺下马援的兵权，再视情况随机处理。幸好，梁松到前线时，马援已经病逝了，不然真不知道会闹出什么笑话来。

孔子说，近君子，远小人。可是，在社会生活中，第一是小人不会给自己脸蛋儿贴上标签，让人们去"远"；第二是许多当权者喜欢小人，因为小人不仅会谄媚还有可利用的价值，可以让小人与君子制衡。君子是永远不会有卑下的想法与做法的，小人永远是用卑下的念头审视他人。大多数小人是为了一己私利去陷害君子。也有一些小人认为，陷害君子成功就是获利了。梁松属于后者。

马援一生选择了尽职尽忠，死后其家人六次申辩才让那几车"珍珠"大白天下（后来人把此事件定为"明珠之谤"）。马援终得厚葬，马援的家族也再一次获得了尊重。

唐代的刘禹锡用一首诗来评价马援，诗如下：

蒙蒙篁竹下，有路上壶头。
汉垒磨鼯斗，蛮溪雾雨愁。
怀人敬遗像，阅世指东流。
自负霸王略，安知恩泽侯。
乡园辞石柱，筋力尽炎洲。
一以功名累，翻思马少游。

皇后之易

前一段时间，电视荧屏上全是宫斗剧，什么什么"传"，什么什么"攻略"，而且收视率很高，有几部宫斗剧一播再播。如果大家就是为了看个热闹，也还好。重要的是，有些人认为历史上的皇帝后宫就是那样的，或者历史就是那样的；更有甚者，有人把宫斗剧中的种种手段拿来用在现实生活中去实践。呜呼哀哉！

我确实佩服那些编剧和导演，真是把人类的阴、毒、损、坏写到了极致，演到了极致。那些痴迷宫斗剧的人，一边欣赏着阴、毒、损、坏的各种手段，还一边为剧中人物的命运担心，一度在街头巷尾、公交车上甚至工作场合讨论剧情，猜测剧情和人物命运的发展。我多次听到，不敢参与讨论，只能付之一笑。其实，我想告诉这些人，那些戏剧就是哄大家玩儿的，千万别当真。换句话说，皇帝的后宫要是都闹成那样，那个皇帝就是白痴，朝政也肯定不会好。人世间有两大难事，一是感动上帝，一是和老婆讲理。皇帝的老婆太多了（有些皇帝一生都认不全自己的老婆），就委派一个人去管理，这个人就是皇后。皇后对内是管理后宫，对外是母仪天下。皇后不仅是皇帝的老婆，还是一个官职。所以，官员不听话，皇帝可以不客气地整治。可是，老婆任性，作为男人的皇帝就没有太多办法了。不过，皇帝的性格和处事作风会影响到后宫。皇帝软弱，后宫就烂事儿多；皇帝强硬，后宫也就规矩了。有人聚集的地方就不会安静，何况后宫里集聚的全是女人，全是有利益纠葛的女人！西汉时，汉武帝的后宫也闹过事儿，但是刘彻一瞪眼睛，皇后老实了，后宫也就老实了。东汉时，光武帝刘秀换了一次皇后，更替了一次太子，也是非常平稳地完成了，并且为后世留下佳话。

有一个现象需要说明一下，皇后不一定是皇帝娶的第一个老婆。有些小皇帝继位后，是先娶妾，后娶妻（皇后）；有些皇帝在没当皇帝前就娶了老婆，就是原配，当了皇帝后原配未必就能当上皇后。刘秀没当皇帝前娶过一个老婆，刘秀当了皇帝后这个原配就没当上皇后。隔了十六年，才被替换成皇后。

刘秀的姐夫邓晨是南阳新野人，刘秀还在求学时，跟着姐夫去南阳新野玩儿，看到了新野大户人家的小姐阴丽华心旌荡漾。小姐太美了，简直貌若天仙。（天仙长成什么样？我们真无法想象。反正我认为不是所有的天仙都漂亮，猪八戒也是天仙嘛。）其实，貌美或漂亮不是长相决定的，是爱你的那个人决定的。有道是：喜欢就漂亮。刘秀喜欢阴丽华，阴丽华就貌若天仙了。刘秀大声豪气地说："娶妻当得阴丽华！"

后来，刘秀跟着他哥哥刘海举兵，随着更始帝刘玄抗击王莽，刘海屡建战功，深得军心，刘玄害怕刘海势力壮大了夺其皇位，就设计把刘海杀了。唇亡齿寒，打马骠子惊。刘秀立刻装作什么事也没发生，并在那个时候迎娶了阴丽华，过上了新婚的日子。刘玄看刘秀没有什么激烈的反应，还娶老婆过日子，就对刘秀放心了。（刘玄也是个庸才，是德不配位的主儿。）那年，刘秀二十九岁，阴丽华十九岁。新婚三个月，刘玄派刘秀去洛阳、河北各郡县公干，刘秀就把阴丽华送回南阳新野娘家，一别就是三年。

刘玄不给刘秀一兵一卒，却要求刘秀收复河北。实际上是想害刘秀，想借已在河北称帝的王朗的刀杀刘秀。而刘秀却认为终于逃出了魔爪，可以重整旗鼓，小则为哥哥报仇，大则争夺天下。王朗果然张贴告示，悬赏捉拿刘秀，死的、活的都要。刘秀一边搜罗、召集兵将，一边四处躲藏，终于在一处迎来了转机。刘秀通过个人的魅力占据了真定县，且拥有了十万部队。但是，还没有能力与王朗抗衡，尤其是真定王刘扬还在摇摆之中。于是，刘秀就派部下刘植去游说刘扬。刘扬也觉得王朗政权不可靠，希望归属汉军。尤其是刘扬见到刘秀后，觉得刘秀的见识和胸襟非同小可，有气象，将来或可成大事，就和刘秀做了一笔生意：我刘扬可以出兵帮助你刘秀打王朗，但是为了表示真心合作，你刘秀要娶我刘扬的外甥女郭圣通为妻。这是明显的交易，也可以叫政治联姻。就这样，刘秀娶了郭圣通，刘扬出兵帮助刘秀剿灭了王朗，占据了河北并开始向外扩张，终成霸业，做了皇帝。

刘秀建国后，把阴丽华从南阳新野接到皇都洛阳。阴丽华在老家那些年根本没有刘秀的消息，都做好守寡的准备了。当刘秀派人把阴丽华接到洛阳后，阴丽华才惊讶：哦，刘秀当皇帝了！哦，刘秀身边已经有一个老婆了！而且还生了个儿子刘强！

刘秀建国后封赏开国功臣及亲戚眷属，唯独没有封皇后。刘秀想立阴丽华为后，阴丽华不同意。阴丽华说：你在建国的征程中，是郭圣通的家人出兵出力帮助你的，现在郭圣通的舅舅刘扬还握有重兵，你应该立郭圣通为后才对。看看阴丽华这气度！国一日不可无君，也不可长期无皇后啊。于是，刘秀就立郭圣通为皇后，刘强为太子。我真心要赞美一下阴丽华，女人的漂亮或美真不是相貌长得"柳叶眉，杏核眼，花瓣鼻子，瓜子脸，樱桃小嘴一点点"，而是贤惠、宽厚、知书达理，是为夫君着想。美是德，德是宽阔的襟怀和峻拔的气质。为此，刘秀喜欢阴丽华是慧眼独具的正确。

应该说郭圣通也是个好皇后，撇开政治联盟的因素，刘秀对郭圣通也是很宠爱的，他们共生了四个儿子一个女儿就足以说明。但是，郭圣通的聪慧与达观不及阴丽华，在朝廷的几次重大行动中，表现得不尽如人意，再加上她舅舅刘扬私通土匪与地方武装，被刘秀诱而杀之，郭圣通稍有不良表现，刘秀就不忍受了。

公元41年，刘秀终于下定决心换皇后。刘秀下诏书曰："皇后怀执怨怼，数违教令，不能抚循它子，训长异室。宫闱之内，若见鹰鹯。既无《关雎》之德，而有吕、霍之风，岂可托以幼孤，恭承明祀。今遣大司徒涉、宗正吉持节，其上皇后玺绶。阴贵人乡里良家，归自微贱。自我不见，于今三年。宜奉宗庙，为天下母。主者详案旧典，时上尊号。异常之事，非国休福，不得上寿称庆。"看了这个诏书，也没什么大不了的事儿。"怀执怨怼"不就是两口子吵嘴嘛。总之，郭圣通退位，阴丽华上位当上了皇后，满足了刘秀年轻时就树立的"娶妻当得阴丽华"的愿望。还有一点要说的是，满朝文武无声地接受了这次换后。平稳就是平安。刘秀换后，在历史上也是少见的没引起波澜的一次大动作。后来，太子刘强也主动请辞，由阴丽华所生的刘庄继位太子。

当然，刘秀还是个有良心的人，对退位后的郭圣通也一直很好，经常带领阴氏所生的子女去郭圣通的宫里聚集会餐，偶尔刘秀还在郭圣通的宫里过夜。刘秀教育太子刘庄以后要对郭氏家族好些。刘庄继位后，真的对郭氏家族及郭氏所生的兄弟很好。在封建社会里，皇家安，可能就是天下安。

刘庄做了皇帝后，也做事平稳，使得东汉的经济、文化、教育恢复得很快。

佛教之入

我多次去过洛阳的白马寺，是参观，是对东汉政府允许佛教入汉的尊敬。我不是佛教或其他教的信徒，但我对三大宗教都很尊敬。宗教的形成，是人们心理诉求的结果。再者，三大宗教说到底是希望人们归到"性本善"上来，我这么说并不是认为世界三大宗教都来源于"儒教"，不过是想证明我们的先祖和世界文明是同步的。

白马寺建于东汉永平十一年，也就是公元68年。白马寺是中国第一座佛家寺院，中国佛家"寺"的命名都是从白马寺始。

有一个问题一直没有答案：佛教究竟是什么时候传入中国的？目前真没有准确答案。有史料记载，在公元前2年，也就是西汉末年，由于中原与西域的道路已经通畅，西域的各界人士常来中原走动。据传，大月氏国王的使者伊存到了长安，他曾口授佛经给一个名叫景卢的博士弟子。这是中国史书上关于佛教传入中国的最早的记录。景卢这个人，在史书上的记录很少，只知道是西汉哀帝时期的博士弟子，生卒年也不详。《魏略·西戎传》称："哀帝元寿元年（前2年），博士弟子景卢受大月氏王使伊存口授《浮屠经》。"一些史家认为此即佛教传入我国之始。《浮屠经》我没看过，也就没有评判的资格了，但我认为这种传说是有一定真实性的。西域之路或丝绸之路打通后，除了易货之外，文化的交流是必然的。佛教诞生于两千五百多年前，与我国春秋时期的"百家争鸣"大致同时。有野史记载，秦始皇曾禁止在咸阳及周边建筑佛教的庙宇，说明佛教诞生不久就传到了中国。

可以证明的一个现象是，佛教最初是由民间渠道传入中国的，而不是官方派团队去"西天取经"取回来的。

一说起去"西天取经"，人们的脑海就会浮现《西游记》里那师徒四人，历经八十一难取回真经，最终使肉眼凡胎成为神仙。唐玄奘是真有其人的，去古印度（其实是尼泊尔境内）取经也确有其事。但是，那三个兽面人身的徒弟及一路妖怪是虚构的，是作者吴承恩把人间的事移植到妖界鬼域去描述。《西游记》的主题不是"取经"，是展示妖魔鬼怪们怎样折腾、阻拦那些干正事儿的人。唐僧的三个徒弟是菩萨安排的，一路的妖怪也是菩萨安排的，然后，菩萨就坐在莲花宝座上看那些妖怪怎样耍猴儿。这明显是中国人的社会经验和生命经验：人间的事儿人间不能说，让神仙鬼怪们去说。有没有神仙鬼怪？它们在哪儿？你相信有，它们就在你身边。

有史可考的国家派出"西天取经"团队是东汉明帝时期。汉明帝刘庄是东汉的第二任皇帝，是刘秀的儿子。永平七年（公元64年）刘庄夜宿南宫，做了一个大梦，梦到有一个人身材高大，相貌怪异，头上、身上都放着金光，在他的金銮殿里飞来飞去。翌日，刘庄就和大臣们叙述夜里的梦，大臣们说：那是佛啊！"西方有神，称之佛。"（由此可知，东汉时佛教已经在民间广有影响。）刘庄听说佛来了，大喜，就派大臣蔡音、秦景率十余人去西方拜求佛经、佛法。这是第一支国家队去印度"取经"。唐玄奘去印度"取经"是公元627年出发，比汉明帝派出的队伍晚了五百多年。

汉明帝因梦求佛，这又是一段传说！历史上很多传说有时候听起来挺邪乎，很离谱，可是我们的古代史及世界的古代史，大多是用这些传说来记录的。

永平八年（65年），蔡音、秦景等人告别帝都洛阳，开始了"西天取经"的长途跋涉。我相信也是历尽坎坷。在大月氏国（今阿富汗境至中亚一带），遇到印度高僧摄摩腾、竺法兰，见到了佛经和释迦牟尼佛的白毡像，于是，蔡、秦等恳请二位高僧东赴中国弘法布教。永平十年（67年），二位印度高僧应邀和东汉使者一道，用白马驮载佛经、佛像共同返回洛阳。汉明帝刘庄见到佛经、佛像十分高兴，对二位高僧极为礼重，亲自予以接待，并安排他们在当时负责外交事务的官署"鸿胪寺"暂住（"鸿胪寺"是当时的国宾馆）。永平十一年（68年），汉明帝敕令在洛阳西雍门外三里御道北兴建僧院，为纪念白马驮经，取名"白马寺"。"寺"字即源于"鸿胪寺"之"寺"字。后来，"寺"便成了中国寺院的一种泛称。摄摩腾和竺法兰在此译出《四十二章经》，为现存中国

第一部汉译佛典。

"佛"字在东汉之前是没有的，据说是一个叫牟子的人创造的（又是据说）。牟子是岭南苍梧人，也就是现在的广西梧州。他写过一本《理惑论》，也被称作《牟子理惑论》，是对佛经的辨析与阐释。其他如生平类的史料，一概不详。

《说文解字》如是说："佛：见不审也。从人弗声。"形声字，表示人对事物看不清楚。阿弥陀佛！原来我们是看不清佛的啊！

中国佛教的典籍里这样描述"佛"字："佛"是从印度梵文音译过来的，印度梵文称为佛陀耶。当时中国没有"佛"字，只有古字"弗"。因为二字的音相同，佛陀耶是人，所以在"弗"字加个人字边。这个解释好，至少说出了：佛是人。

我常在全国各地行走，遇到许多哭笑不得的事儿。比如，我国有许多"观音故里"、几座"观音山"、几处"观音湖"，等等。硬生生把印度人或尼泊尔人（佛教最初诞生在尼泊尔）在中国给上了户口。也好，佛是人嘛，如果是我们身边的人，就多了几分亲近感。当然，还有一层意思是：佛及观音是教人度苦难的，是教化人行善积德的。这也是中国儒家、道家哲学思想的宗旨。

到此，可以得出这样的结论：无论佛教是什么时候传入中国的，被政府正式承认并接受是从汉明帝时期开始。后来到南北朝时期，风靡到"南朝四百八十寺"，这里就不多说了。

王符之潜

　　我国的春秋时期，是公讲公的道、婆说婆的理时期，历史上称作"百家争鸣"。好在这"百家"都在论世道，谈人心，不是相互攻讦。诸子百家是大狗叫小狗也叫，叫得很热闹，可谓众声纷纭。有十几家的声音比较大，比如：儒家、道家、法家、墨家、阴阳家、名家、杂家、纵横家、小说家、兵家、医家、农家等。有人统计过，那时有一百零八家在发声，更有甚者说那时有一千多家在演说。不管有多少家，反正对我们今天能产生影响的不过是三五家。有了那一时期的"争鸣"，我国的古代哲学思想得到了理论的充分支撑并有了进一步的完善，一些哲学家的地位得以确立。而且，儒、道两家的思想基本就是后世所遵循的行为和思想规范。孔子、老子被称为"圣人"。西汉的董仲舒提出"罢黜百家，独尊儒术"的建议，得到帝王的认可，从此以后，儒家思想就是治国理政的理论和行为指南。这样做是符合大一统思想的，意识形态的统一，才能有行动的统一。这是利大于弊的事。但是，这也导致了后世再难出现大哲学家。一些有思想建树的人，著书论说不过是在丰富和诠释儒、道两家的理论体系而已。

春秋时期，是政府和政治的混乱期。因为混乱，才有机会让那些有思想、有见解的人发出各种声音，阐述自己的政治主张，才有思想大开放的论坛"百家争鸣"。"百家争鸣"不是争统治权，是发表加强与维护统治力的理论。后来，我国又发生几次混乱期，可再也没有出现"百家争鸣"。西汉末年也是个政府和政治的混乱期，没出现大思想家，倒是同一时期出现了五六个皇帝。东汉末年更是政府和政治的混乱期，也没出现什么大思想家，却涌现了几个想当皇帝的"大军阀"。由此，是否可以这样判定，都在争权力时，不需要大思想，有小阴谋就够了。

我不是要讨论"百家争鸣"，是想说一个不想权力、只想发表怎样加强和维护统治力理论的思想家王符。

王符是东汉人，他活到七十三岁，一生历经了八位皇帝。皇帝换得勤，就足以证明政治的混乱。王符出生时是汉章帝刘炟在位，章帝刘炟还是个好皇帝，之后的汉和帝刘肇也还不错，再以后东汉就开始由盛转衰走下坡路了，外戚、宦官轮番掌控皇权，换皇帝像换件衣服一样简单。换的皇帝越小越好掌控，殇帝刘隆没满月就当上了皇帝，八个月后就被弄死了，等等。当时的朝政乌烟瘴气，在朝为官的人只能见面打哈哈，不说政务与人非。地方政府的腐败已经肆无忌惮。这些现象都在王符的眼里、心里。王符曾到帝都洛阳去求学，耳闻目睹了当时政治的腐败和百姓生活的艰难。当然，他也结交了几个文朋诗友，像张衡、荀悦、马融等。官员们不敢议论的事儿，文人们在一起可以直言不讳。我相信，这几个东汉时的文坛大亨在一起，一定聊得酣畅淋漓，痛快之至。王符在洛阳学到了知识，增长了阅历，丰富了思想，并下定决心绝不在任何一级政府做官，无论大小。他回到甘肃镇原老家（当时的地名叫安定临泾），潜心著作，用毕生精力完成了《潜夫论》。《潜夫论》共三十六篇，是一部东汉时的百科全书。范晔在《后汉书·王充王符仲长统列传》中写道："以讥当时失得，不欲章显其名。"其实，王符的《潜夫论》为范晔写《后汉书》提供了许多素材。

有一句老话："文章本天成，妙手偶得之。"还应该补上一句：没有清静心，必是荒唐字。王符看似闲居乡里，其实是眼观六路，耳听八方，外松内紧，静中有动。既然立志要为天下人著述，心中必要装尽天下事。

《潜夫论》三十六篇，清朝人汪继培先生给全书做了笺注。那三十六篇，大部分是我读不太明白的，或是我不感兴趣的。我对文学批评那部分很有感触，甚至觉得是在批评当下的文坛。王符说：不仅是"文以载道"，还要载教训，"遂道术而崇德义"。不去总结教训，将是无道可载。我觉得当下的一些文人在自吹自擂、粉饰太平的时候，真是心狠手辣不留余地啊！那些反文学、伤害文学的行径，已接近无耻！历史上留给我们多少教训啊，难道视而不见了？充耳不闻了？自己骗自己一生一世，让子孙后代去蒙羞？王符批评当时的文人"好语虚无之事，争著雕丽之文，以求见异于世"。这句话应该成为文人的一面镜子。

王符一生不入仕，却对朝廷取士之道深感担忧并直面抨击。"国以贤兴，以谄衰。""非今世之无贤也，乃贤者废锢而不得达于圣王之朝尔！""是故德不称其任，其祸必酷；能不称其位，其殃必大。""大人不华，君子务实。"这几句话好懂，中心意思是：用贤人，有德的人，才能让国家的事业兴旺；用德不配位的人，是会祸国殃民的。类似的这些话孔子也说过，现在很多人都会背诵，可是真的执行起来是很难的。用人，是一个复杂的工程，没有哪个朝代是简单的"用贤"和"用德"，总是要把"忠"与"奸"混搭，让"忠""奸"互相制约，执政者有时冷眼旁观，有时各打五十大板。这样用人，是封建社会重要的统治手段。所以"无德"之人、擅长谄媚奉承之人为官是正常现象。不是皇帝不知道有些人是阿谀猥琐之辈，是故意而为之。

王符的文风率真耿直，鞭辟入里，讥讽尖刻，读起来会大呼过瘾。（不过，说句大不敬的话，我觉得行文还是略显华丽。）但是，他的《潜夫论》在当时也基本是禁书，是"不显于当世"的。一直到了唐朝魏徵等编撰的《隋书·经籍志》时，才列入了经典图书目录。是啊，大家都在说假话，突然来个说真话的人，不把说真话的人灭了，这些说假话的人怎么混？皇帝说：我穿新装了。那就要众口一词：皇帝穿了新装。只有傻孩子才说：皇帝没穿衣服。

范晔在《后汉书》里为王符设传，而且是大力地赞扬了王符。

《潜夫论》是以事实为依据，并用理论来多角度阐述，为统治阶层出了好多有益的主意，表现出一个忧国哀民的书生，一个心怀天下的"潜夫"，对他所处社会的深刻观察和深沉的思考。

《潜夫论》现在可以买到，还有一本现代人写的《王符评传》。对王符感兴趣的朋友，不妨找来一读。

《潜夫论》里还创造了许多成语，有些是我们常用的。我录几条，以示对王符的致敬："偏听偏信""兼听则明，偏听则暗""富贵荣华""钳口结舌""规矩准绳""好善嫉恶""赏罚严明""修身慎行""惊心破胆""无偏无颇""邪不伐正"等等。

王符不是历史意义上的"隐士"，他不曾"仕"，所以没资格做"隐士"，他把自己称作"潜夫"，我觉得这个"夫"字很准确。夫者，汉子也，丈夫也，敢于担当的男人是也。世上男性占人类的一半，而有天下情怀、敢担当的、能称得上男子汉的却不多。

刘懿之帝

西汉和东汉合起来历经了四百多年。这四百多年里，人间所有的事都在这个时期发生过了。有些意想不到的事、不可思议的事也发生过了。我常常认为，读通汉史，也就懂得了人间世事了。但是，有些东西我还是弄不明白，比如皇帝的事，皇帝家的事。一般认为，皇帝是天下之主，金口玉牙，可以为所欲为，杀伐自主。其实不然，许多皇帝都是摆设，是玩偶，是工具，是随时被宰割的一块肉。

汉朝有历史上最小的皇帝。东汉的汉冲帝刘炳被任命为皇帝时还不到一周岁。当然，刘炳死的时候也不满三岁。东汉殇帝刘隆当上皇帝的时候还不足两岁，死的时候也才是两周岁。

他们为什么会当上皇帝，为什么会死，背后有多少阴谋阳谋，有多少堂而皇之和血雨腥风？围绕着皇帝这个筹码，一些想获取利益的人眼巴巴苦哈哈地绞尽了脑汁，阉割了良心。这些事，正史有记录，野史的传闻更多。

有道是：国不可一日无君。这个君，是发号施令者，也是其他人想利用的权柄。于是，一些没有机会当皇帝却想独揽朝政的人，就想方设法立个不懂事的孩子做皇帝，以便假皇帝之名，行自己的事，谋自己之利益。这种事在汉朝屡见不鲜。东汉时，还有一桩怪事。一个做了皇帝的人，在史册上却不被承认。这个人叫刘懿。有的书中称他为东汉的"前少帝"，有的书中称他为"婴帝"。

公元125年4月30日，刘懿被立为皇帝，12月10日就死了，在位206天。《后汉书》载："立二百余日而疾笃。"刘懿死后，汉顺帝刘保登基。刘保以刘懿没有举行正式登基仪式，"未即帝位不成君"（《汉皇德传》）；"葬少帝以诸王礼"（《后汉书》）。刘懿没当皇帝前是"山阳王"，死后依然以"王礼"葬之。看看，刘懿被动地当了二百多天皇帝，活着时不被承认，死后也不被认可。

这事儿听起来蹊跷，其实关键的问题是：刘懿是谁立的皇帝？立刘懿为帝的人目的是什么？

立刘懿为皇帝的人叫阎姬，是汉安帝刘祜的皇后。刘祜死后，阎姬在她的几个哥哥的支持下，为了把持朝政，才把小孩子山阳王刘懿立为皇帝。

史册载，阎姬是通过皇帝选美得以进宫的。因才貌双全，进宫第二年她就当上了皇后。不知道阎姬有多美貌、多大才艺，能把刘祜迷惑得忘乎所以，阎姬专宠，而且不是一般地专宠。除她之外，其他嫔妃宫女根本别想靠近皇上，稍有越雷池半步，阎姬必杀之。之前，刘祜与宫女李氏产下一子，阎姬成为皇后以后，就用毒酒把李氏杀了，所生子刘保被太后邓绥立为太子（刘祜只有这一个孩子）。太后邓绥死后，阎姬就决心要废掉这个太子。于是，枕边风狂吹，并伙同其他人一起谎说太子欲谋反。乖乖，那时刘保只有六七岁呀，真不知道一个孩子谋反会用什么手段，会是个什么样子。刘祜起初不信，但久而久之刘祜烦了，就把太子废了，贬为济阴王。我们的经验是，皇后废掉太子，一定要立自己生的孩子做太子。可是，阎姬日夜守着刘祜，却连个蛤蟆都没生出来。那么，阎姬废太子就是另有图谋。现在想想，这个阎姬废太子的计谋真够深远的了。刘祜在出巡时死在途中，阎姬硬生生地密不发丧，把刘祜的尸体拖着走了三天。就是用那三天，阎姬的哥哥阎显等把刘懿接进宫中，然后一边发丧，一边立刘懿为皇帝。不必再啰唆了，阎姬就是想让他的娘家人把持朝政，才处心积虑地废太子，立一个可以随意摆布的刘懿为帝。我不得不发一句感慨，女人要是发起狠来，她会觉得天地很小，飞扬跋扈都不过瘾，只相信她捕的鱼会死，不会想到网会破。

后来嘛，当然是遵循历史的规律，外戚专权都没有好下场，也可以说是邪不压正（其实，我在读史的时候，真不敢贸然去判断皇家的正与邪），也可以说是还了世道人心，阎氏一族被灭，刘保回到皇帝的宝座上，史称汉顺帝。

刘懿在皇帝的位置上待了二百多天，估计他自己都不知道他是不是皇帝，更不会计较死后在史册上被不被承认了。

写到这儿，我想笑一会儿。历史上有多少皇帝活得不如咱老百姓啊！权力这个东西，就是个魔窟，掉进去的人都会身不由己。但是，站在魔窟外的人，都认为魔窟里是伊甸乐园，是挪亚方舟。哎呀！权谋玩到极致了，也不过就是把皇帝当玩物罢。

范 式 之 信

　　早些年，我家客厅的墙上挂着自己写的一幅字，内容是《论语》中的句子："吾日三省吾身：为人谋而不忠乎？与朋友交而不信乎？传不习乎？"挂这幅字的目的，是为了时刻提醒自己要"忠""信""习"。（不是书法，我不懂什么是书法。）在我的前半生中，这句话几乎就是我的座右铭。后来，也就是这几年，一位自称颇懂风水的朋友来我家，在这幅字前看了许久说："哥们儿，把这幅字摘下来吧。"我问为什么，他说："现在按这句话去做的人，都是傻子。"我们笑了一阵子。他接着说："这幅字下就是你常坐的沙发，你这叫'背字儿'，是会招小人的。"

　　我当然不会相信"背字儿"一说，但我身边的小人常有是真事儿。有些事情就是这样，没人说它不好时，自己看着挺好。可是，一旦被人说这东西如何不吉利，自己心里就留下了阴影，甚至时常是心理暗示，自己看着也不再自信了。终于有一天，我把那幅字摘了下来。摘下那幅字后，也没觉得不

"背字儿"，更没发现身边的小人少。

其实，只要想干好事，就一定有坏人反对，坏人做坏事大部分是用阴暗的手段做，故谓"小人"。"小人"的种类很多，损人利己的、损人不利己的等等，"小人"所使用的手段就更丰富了。今天我不讲"小人"，讲君子。我还是相信朗朗乾坤和世道人心的。相信"忠"和"信"是做人的根本。补充一句，墙上的那句话，并没有从心里摘除，我依然把忠义和信誉看得如生命一般。

东汉时，有一对异姓的书生兄弟做了一些并不重要的事，却流传至今。他们做的事是两个字："信义"。《晋书》上有一句："积善三年，知之者少；为恶一日，闻于天下。"其实，这是理想化的总结，现实中并不完全这样。有些人做恶事，没人敢说；有些人做了好事，人们就大张旗鼓地宣传，用扬善来抑制、嘲讽恶（也是一种近君子远小人的方法）。比如，我现在要说的范式。

范式与张伯元是同学加好友，毕业的时候恰好是重阳节，两人分手。范式对张伯元说："两年后的重阳节，我一定去你家看望你的母亲。"两年后重阳节的前几天，张伯元就坐立不安了，常常倚门而望，等范式到来。直到重阳节的当天中午，还没见范式的踪影。张伯元的妈妈就说："孩子，你是不是有点儿傻。同学分手时的一句客气话，你怎么就当真了呢？范式离我们这里有千里之远，来一趟谈何容易。"张伯元不这样认为，坚定地对妈妈说："如果是别人这样对我说，我不会在意。范式对我说的，他就一定会做到。"说着，张伯元就去大路边接范式。傍晚，他果然把范式接到了。（范式因途中病倒，才晚到了几天。不过，当天到达也不是失约。）张伯元的妈妈为之感动，心里说："真有一言九鼎的青年人啊！"于是，老太太为范式杀鸡煮黍，笑吟吟地看这小哥俩喝酒畅谈。后世，人们也把张伯元称作"张鸡黍"。孟浩然的诗《过故人庄》："故人具鸡黍，邀我至田家。绿树村边合，青山郭外斜。开轩面场圃，把酒话桑麻。待到重阳日，还来就菊花。"有人说，这诗写的就是范式与张伯元那件事儿，显然牵强。我觉得，借用了那件事儿是有可能的。

范式实现自己诺言，在我看来是一件很正常的事儿。答应过朋友，承诺过别人，就要兑现，所谓"一言既出，驷马难追"。信守承诺是泰山，没有人为动摇的可能，任何理由的推脱和"放鸽子"都是动摇做人的基石。历史上的忠义之士、侠客之辈，多有此类拼死赴约的故事。但是，范式的这次千里践约，却被历史正正经经地记录在册了，足见在当时的社会诚信是多么珍贵。（好像人类诞生以来，诚信就很珍贵。）

别摇头慨叹你身边有多少言而无信的大"忽悠"，我身边也有。那些喜欢"忽悠"的人，身边大多是"忽悠"高手。（咱们笑一会儿吧，笑比哭好。）人，本来就分善恶，而历史是由守信的人和能"忽悠"的人共同完成的。

史料上还记载，范式梦到张伯元死了，官也不做了就往张伯元家赶。到了张家，正赶上张伯元下葬。更神奇的是，张伯元的棺材到了墓穴坑前怎么也拖不进去，直到范式到来，亲手把张伯元的棺材放进墓穴里，并为张伯元守墓三年。这些故事，我觉得是带有神话意味的创作，不足信，目的就是为了把范式更加完美化。

范式应该得到完美化，因为守信、守义的人，实在不多。

史料上记载，范式确实是个好官（庐州太守）。好官都是讲忠义、诚信的。

唐周之讦

　　讦，这个字从被创造出来起，就不遭人待见。可是几千年来，任何时候都不会被忘记。讦，是个动词，是一个阴暗的动作。

　　东汉末年，爆发了一场大规模的农民战争，也称作农民起义，即"黄巾军"向东汉政权发起了挑战，那场战争准备了十几年，而爆发后，几乎是在两年内就被剿灭。导致失败和被迅速剿灭的关键词是：讦。

　　"黄巾军"的首领名叫张角。张角不被举荐，又无钱买官，就回乡做了道士，并学习医术。他有"道术"，又有"医术"，十几年里对各处百姓广施恩德，深受百姓喜爱。他读了道家的《太平经》，便成立了"太平教"，全国信徒有几十万人。其时，东汉政权已经摇摇欲坠，张角等人觉得有机会发动起义进而夺取政权。《三国演义》如是说："青、幽、徐、冀、荆、扬、兖、豫八州之人，家家侍奉大贤良师张角名字。角遣其党马元义，暗赍金帛，结交中涓封谞，以为内应。角与二弟商议曰：'至难得者，民心也。今民心已顺，若不乘势取天下，诚为可惜。'遂一面私造黄旗，约期举事；一面使弟子唐周，驰书报封谞。唐周乃径赴省中告变。"

张角与各州的部队约定甲子年（184年）三月五日共同举事。他派弟子唐周去洛阳联系内线，约定时间一同里应外合。唐周到了洛阳后，直接去"省中"举报，并把宫内的内线全部指认出来。内线马元义被车裂，其他人等具遭抓捕杀戮。随之，朝廷派兵抓捕张角兄弟等。张角被迫提前举兵，本来这些农民队伍就没受过军事训练，也没组织纪律，又是仓促起兵，再加之各路剿杀"黄巾军"的军阀都想扩大自己的势力范围，非常卖力。当然，最重要的是张角突然死亡，群龙无首。不到两年，那场"黄巾军"暴动的战争就结束了，接下来就是军阀割据，"三足鼎立"，东汉覆灭。这些都不是我要说的，我想说说唐周是谁。

从史料上看，唐周是山东济南人，唯一公开的身份是张角的弟子。没有任何史料可以查到唐周是什么时候跟随张角的，为什么要做张角的弟子，张角怎么会信任他去洛阳联络内线。张角秘密经营"太平教"十几年，是要决心夺取汉朝政权的。他一定懂得地下斗争的常识，委派唐周去做那么重要的联络员，肯定是十分信任唐周的。那么，问题来了，唐周到了洛阳后，直接去汉灵帝处"告讦"，他会不会是汉灵帝集团安插在张角内部的潜伏特务呢？汉灵帝时期，已经建立了"西厂"，"西厂"是职业的秘密警察和谍报特工。（明朝的

"东厂"就是与东汉的"西厂"相对应的组织。）"西厂"的工作人员应该是遍布全国的。如果，唐周仅是"黄巾军"的叛徒，举报有功，汉灵帝为什么不嘉奖和赏赐唐周？在史册和各类书籍记载里，唐周的出场和退场几乎是同时。进宫举报，然后就无影无踪了。这很容易让我认为，唐周是"西厂"的工作人员，完成这件事，再改名换姓、改头换面投入到下一个工作岗位了。后来，汉朝被董卓、曹操轮番执政，唐周再也无处"告讦"，也就销声匿迹了。这些都是猜测、推演，合理性、真实性有多少，我也不知道。

东汉的"西厂"，并不是我国历史最早设立的机构。在战国时的秦国，商鞅就颁布过法令，号召全体国民互相监督、举报。"令民为什伍，而相牧司连坐。不告奸者腰斩，告奸者与斩敌首同赏，匿奸者与降敌同罚。"使得邻里、乡亲、同僚都"纵使相逢不相识"，互不信任，人人自危，好像每个人都是自己的敌人，又像是集体生活在"集中营"里。封建王朝，推行"告讦"制度，发展"告讦"人群，是维护统治的需要，也是统治者心虚的表现。历史上，最严重盛行告密的时期有四个：汉武帝时期、武则天时期、明朝、清朝初期。

汉武帝曾颁布"算缗"和"告缗"令，中产阶层以上的人，个人财产必须自我申报，如有隐瞒不报或自报不实的，鼓励知情者揭发检举，此即"告缗"。凡揭发属实，被告者的财产则全部没收，并罚戍边一年，没收的资产分一半给告发人，以作奖励。我在《汉书》里读到这段的时候，曾善意地理解为汉武帝要搜刮些钱财去打匈奴。武则天、明朝、清朝初期的事儿，就不在这里啰唆了。

好像很多当权者都喜欢告密的人。（自信者寡啊！）告密不能仅仅理解是对政权负责的行为，还有很多告密者是为了讨好当权者的病态心理作祟。病态的，就不能用正义与非正义来判断了。告密者众，就会造成人与人之间的精神恐怖。"相逢只说三分话，未可全抛一片心。"这是《增广贤文》总结出来的恐怖经验，如果已经造成了事实的恐怖，"三分话"也没人说了，更不可能让任何人看到半分心，人与人岂不是沙漠里的一粒沙子与另一粒沙子？个个"莫谈国事，勿论人非"，那么，所有在一起工作、生活的人都形同陌路，见面只说"今天的天气哈哈哈"，到头来，伤害的是什么呢？伤害的是民族精神、民族团结和民族文明的进步。人们把善良和真诚收藏起来后，就得容忍大恶、大俗横行于世。

据说，擅长告密的人是天生的，是有瘾的。擅告密者不仅表现在对政权负责或"忠君"，还表现在对他人隐私的窥探，更可怕的是用告密来泄私愤。犯了告密的瘾，又没有真材实料可告时，就造谣。如果当权者喜好告密这个事儿，对谣言也会相信。历史上被谣言陷害的忠良之士太多了。即使当权者对告密者的造谣不完全相信，也会心存忌惮，再不重用被谣言中伤的那个人。"告讦"是个双刃剑，一边能为统治者服务，一边可以戕害无辜的人。历史上也有许多讨厌告密的皇帝。宋仁宗就对着一摞检举揭发大臣的告密信，对御史说：把它们烧了吧。如果我看了，又信了，就会在全国掀起告密之风。咱们君臣之间不信任了，怎么工作？你们同僚之间不信任了怎么合作？老百姓不信任政府了，政府就是空壳了。宋仁宗是个文人，这段话说得多么透彻！

"黄巾军"的失败好像不能完全归咎于唐周的"告讦"，况且，唐周的行为完全是为了维护政权统治，是正义的举动，是忠君的表现。也许，唐周的身份就是张角的弟子，当他看到师父的行为已经威胁到汉朝政权，是组织反政府武装，毅然决然地大义灭亲，举报师父的行径可以理解，也值得为他送去赞颂。至于后来的销声匿迹，也许是隐姓埋名、耕田自乐了。

作为"告讦"的唐周这个人一定是历史的过客，但是，"告讦"这种事儿会时时发生。

郿县之坞

　　十几年前，我从宝鸡出发去扶风看法门寺，途经郿县，我问陪同的当地朋友：郿坞现在怎么样了？朋友一愣：郿坞？是什么东西？我"哦"了一声说：是董卓在郿县建的一个城堡。朋友说：不知道这个事儿。我说：刚发掘出来不久，你可能还没关注到。

　　到了法门寺，大殿廊柱上的一副对联吸引了我：

　　　　法非法非非法舍非非法，
　　　　门无门无无门入无无门。

　　这副对联让我琢磨了许久。当然，至今也没有完全琢磨明白。琢磨这副对联的时候，我突然又想起了郿坞。

　　我总是翻来覆去地想郿坞，一是前不久看到了一则消息，说在郿县城东北挖掘出一座古城，经考证是董卓的郿坞；另一个是苏轼、苏辙哥俩写过同题诗《郿坞》。那次的陕西之行，没能去郿县看郿坞。需要说明，我至今也没去看过郿坞的遗址。

说郿坞，就要说董卓。

《后汉书·董卓传》：东汉初平三年，董卓筑坞于郿，高厚七丈，与长安城相埒，号曰"万岁坞"，世称"郿坞"。坞中广聚珍宝，积谷为三十年储。自云："事成，雄据天下；不成，守此足以毕老。"就是说：董卓在他的封地郿县建了一座城堡，和长安城相似，用来储藏金银珠宝，仅粮食的储备就够吃三十年的。另据载，他还广招天下美女，在城堡里养了八百名少女。董卓自信地认为，他在政治上成功了，就独霸天下；失败了，就退回郿坞，终老一生也不愁吃喝玩乐。听上去，建一座郿坞好像是智谋深远的打算，其实如何呢？咱们接着说。

董卓一生都干了什么，大概尽人皆知。《后汉书》《三国志》，包括《三国演义》对董卓的评价大致是一样的。也就是说，历史对他的评判已经盖棺论定了。曹操曾狠狠地写过这样一首诗来痛斥董卓："贼臣持国柄，杀主灭宇京。荡覆帝基业，宗庙以燔丧。播越西迁移，号泣而且行。瞻彼洛城郭，微子为哀伤。"

这里不说董卓的残暴与野心或愚蠢了，说郿坞。

郿坞是董卓为自己留的退路，表面上看，董卓似乎很聪明，像个熟读兵书战策的将军。两军对垒，让自己处在进可攻、退可守的有利境地。可是，他杀太后，毒死小皇帝，另立新帝，独揽朝政，玩儿的是政治。政治斗争是没有退路的，两军阵前可以有进退，政治斗争只有一条路，要么活得得意，要么死得很惨。

有一些野史说董卓是"官二代"，我查了一下董卓的家族，他的父亲是个县级的督尉，也就是县公安局长，最多算是个副县长。把董卓算作"官二代"实在是勉强。另外，董卓一定轻信了陈胜、吴广的话"王侯将相宁有种乎"的宣传。王侯将相可能不是天生的，但是，官宦、豪门弟子的教养、气质、视野还真不是一个乡野村夫一夜就能学会和养成的。不是坐在相爷的椅子上，就能做好相爷的事儿。此种例子，古今都有。

还是回到郿坞的话题上来。据史料载，董卓为了能在失败时快速退回郿坞，还修了一条长安到郿县的驰道，相当于今天的高速公路，全长130多公里。遗憾的是，现在只存有一两公里了。

董卓的死是被设计的，是在赴汉献帝的宴会途中，突然遭王允集团李肃的一枪，刺伤了胳膊。他从车上倒在地上的时候喊了一声：我儿奉先（吕布，字奉先）何在？吕布喊了一声：我在！话音到，枪头也到了董卓的咽喉里，即刻置董卓于死地。董卓根本来不及想一下郿坞。

吕布为啥要直刺董卓的咽喉？因为董卓出门时身上一直是穿着厚厚的铠甲。

该说说苏轼的《郿坞》了：

衣中甲厚行何惧，坞里金多退足凭。

毕竟英雄谁得似，脐脂自照不须灯。

    用白话解释这首诗就是：董卓在外衣里面穿着厚厚的铠甲，好像去哪里遇到谁都不怕了（坏事做得多的人都怕死，出门就谨小慎微）。况且，有储藏金银珠宝的郿坞作为退守之地，谁能奈何？！天底下还有谁能像董卓？可惜死的时候被点了天灯，灯火照得夜晚如白天一样亮。这里的"英雄"是反讽、嘲讽，末一句更是把董卓嘲讽到了极致。

    这里有一个问题，苏轼为什么要写郿坞？翻闲书或听传说，翻到、听到郿坞或董卓就提笔写诗了？还是"多情应笑我"？我觉得未必。难道宋朝就没有董卓、郿坞吗？此话题压下，我不说宋朝的事儿。

    史料载，董卓死后，朝廷内的官员门商议怎么处理董卓的尸体，有人建议凌迟，有人建议点天灯（都是惨绝的极刑）。这些官员们把心底的恶气、怒气、戾气、怨气、俗气一股脑儿地想释放在董卓的尸体上。最后，还是觉得点天灯是最解恨的。于是，就让士兵把灯捻塞进董卓的肚脐眼儿，点起了天灯，三天三夜灯火不灭。

    来看一下苏辙的《郿坞》，诗如下：

董公平昔甚纵横，晚岁藏金欲避兵。

当日英雄智相似，燕南赵北亦为京。

这首诗就不多说了，形象、力量及表现力都与苏轼差一个级别。但是，哥俩写诗的动机和用意是一致的。

关于董卓的死，有一个人不能不提，那就是貂蝉。

貂蝉这个人物，历史上是否真的存在，我不敢确定，反正在正史上是查不到的。中国历史上有四大美女，并称"沉鱼、落雁、闭月、羞花"。所谓美女，不一定是貌若天仙，是她们都"倾国倾城"了。倾国，是倾覆、改变了国家的现状，也就是说，她们用身体为政治、政权出力了。所以，美女需要政治认定，不是通过五官、身材来判定的。四大美女的其余三个都有真身，唯貂蝉可疑。如果我断定貂蝉是杜撰或传说中的演绎，估计很多人会认为我在胡说八道，因为貂蝉确实已经深入人心近两千年了。还有，把传说当史实是人们的习惯，也是约定俗成，古今中外皆然。

前些年，我看到一份资料，是郿县文化馆副研究员刘先生在一次关于郿坞研讨会上的发言，他说：我关注郿坞多年，并未发现郿坞有跟貂蝉有关的记载。

貂蝉是《三国演义》中的人物，究竟是作者罗贯中为情节需要刻意安排进去的，还是王允确实有个义女叫貂蝉，真的不得而知。当然，三国时期是我国历史上的几个乱世之一，混乱之下，有些事不可考也在情理之中。但是，在《后汉书》和《三国志》中，确有吕布与董卓的侍妾、婢女勾搭成奸被董卓发现的记载。

吕布在董卓的帐下，打仗时是先锋官，平时是董卓的保卫科长，负责保护董卓及其家眷。吕布长期在董卓的家院里，与董卓的妾室熟络，久而久之，在董卓顾及不到的时候，与她们有些欢娱之事似是顺理成章。董卓发现后，大怒，把吕布打出家门。吕布走后，董卓又后悔了，赶紧把吕布召唤回来。董卓知道，成就霸业，没有吕布是不行的，是没有安全感的。历史上哪个政治家把女人当宝物了？吕布回来，董卓把与吕布有染的女人送给了吕布，用以安抚。尽管如此，吕布心里还是有些不舒服。估计吕布心里想：我舍命为你鞍前马后冲锋陷阵，独撑阵前，没有我你能做到今天？我这么大功劳，就用了用你不用的女人，你还要杀我。哼！吕布的这种爱好、遭际和情绪被王允看到了。于是，他就邀吕布到府上喝酒，当然有载歌载舞的节目（歌舞者，会有一个叫貂蝉的女子吗？），接着再动之以国情，晓之以国理，并许以私利，终于使吕布答应一定出手，协助王允集团杀掉董卓。

吕布确实是性情简单的一介武夫，而且是见利忘义的愚蠢武夫，历史上给他的定位是"三姓家奴"。如果曹操不在白门楼杀了他，不知道他还要姓几个姓呢。

不说吕布，说郿坞。

董卓死的第二天，汉献帝刘协（其实是王允等）就派皇甫嵩带兵去郿坞，把董卓家藏的金银珠宝尽皆抄回长安，斩杀董氏三族。可怜董卓的老母亲，就死在郿坞的城门口。

没收了董卓的家产，献帝刘协心里一定很得意。哼！老贼董卓搜刮、囤积天下财宝，最后还不是要交到朝廷我的手里。当然，刘协从当上皇帝那天起，大事小情就没有自己做主的时候，都是提线木偶，他表演，"线"在别人手里攥着。

郿坞是公元190年建成的，公元192年董卓死。

说完郿坞，又该琢磨法门寺的那副对联了。

法非法非非法舍非非法，
门无门无无门入无无门。

我似乎感觉到，普天之下，为人与做事无非是门与法的关系。但是，门有乎？有亦无；法在乎？在即失。得门不得法者，死；知法不知门者，亦死。

结论是：法门寺已存在千年，郿坞仅存在两年。

王垕之冤

　　有一句经验性的民间俗语叫：哪个庙里没有冤死鬼。可以这样说：冤情、冤枉事儿是社会生活的一部分。冤，这个字很好玩儿，这个字被造出来时，并不是针对人的，或者造字的人善良地认为，人怎么可能有冤呢？词解：冤，是会意字。从兔，从宀（mì）。"宀"表示"覆盖""覆盖处"。"兔"意为"向上跳"。"宀"与"兔"联合起来表示"不断向上跳，却顶不起覆盖物"。本义：被覆盖物罩住。引申义：内心不平。《说文解字》中，冤，屈也。从兔，在"宀"下不得走，益屈折也。由此可知，"冤"和兔子有关，或者是因为兔子比较弱小，容易被覆盖、不得走，难免受冤。但是，人呢？在社会生活中大多数人和兔子也没什么差异罢。

　　人类社会几千年来，冤情剧或者叫悲剧，太多了。莎士比亚因写有十大悲剧，才成为世界级的莎士比亚；关汉卿写过很多剧，而流传最广、影响最大的是《窦娥冤》。鲁迅先生说：悲剧就是把美好的东西毁灭给人看。关于悲剧的力量，我就不在这里絮叨了。我要说的是，所有的悲剧都隐藏着一段冤情。有些是明着冤，有些是暗里冤。

我现在要讲一个天下第一冤的故事。

故事的内容很简单。曹操打袁术，粮食不多了，只够维持大军吃三天。可是，正在运送的粮草要十天后才能到。曹操就告诉粮食仓库保管员，把原来的大斛换成小斛分粮。仓库保管员说：战士们会有意见的，闹起事来怎么办？曹操说：我自有安排，你去做吧。几天后，战士们怨声载道，怒声四起。曹操把仓库保管员找来说：我和你借一样东西，你不要推辞。仓库保管员说：丞相您跟我能借什么啊？曹操：你的人头。保管员：我无罪啊！曹操：我知道你没有罪。但是，只有用你的人头，才能平复军中的怨声。你的家人我会好好养着。就这样，曹操一挥手，仓库保管员被推出大帐外，当众斩首了，并把人头高挂示众。然后，曹操指着那颗人头对战士们说：这小子贪腐，克扣军粮，让你们挨饿了！我现在把他斩了，你们再忍两天，军粮马上到。等打败了袁术，我让你们天天吃香的喝辣的！军士们登时山呼万岁！这个保管员够不够冤？够不够天下第一冤？

这个仓库保管员姓字名谁？正史上没有。《三国志》裴松之注解部分，提到这事时这样写道：（魏太祖）常讨贼，廪谷不足，私谓主者曰："如何？"主者曰："可以小斛以足之。"太祖曰："善。"后军中言太祖欺众，太祖谓主者曰："特当借君死以厌众，不然事不解。"乃斩之，取首题徇曰："行小斛，盗官谷，斩之军门。"《三国志》里没有这位冤主的姓名，《三国演义》里有，叫王垕。

说一下大斛与小斛。大斛是一斛十斗，小斛是一斛五斗。也就是说，曹操让王垕把军粮减了一半。

罗贯中在《三国演义》第十七回这样描述：

却说操兵三十万，日费粮食浩大，况诸郡旱荒，人民相食，屋宇尽皆拆毁，军士无得掠掳。操催军速战，李丰等闭门不出。操军相拒月余，粮食将尽，致书向孙策借粮米十万斛，不敷支散。吕布、玄德自使人运粮，不敷支散。管粮官任峻部下仓官王垕跟随出征，贵数目入禀操曰："兵多粮少，当如之何？"操曰："可以将小斛散之，权且救一时之急。"曰："兵士倘怨，若何？"操曰："吾自有方策。"果以小斛分散。操却暗使人各寨听之，无一人不怨，皆曰："丞相太欺众也。"说者纷然，皆言散粮不及数。

操密召王垕入，曰："吾欲问汝借一物，以压众心。汝妻小吾自养之，汝自无忧虑也。"曰："丞相欲用何物？"操曰："欲借汝头以示众耳。"曰："某实无罪。"操曰："吾亦知汝无罪，若汝不死，三十万人心皆变矣。"再欲言，操呼刀手推出门外，一刀斩之，悬头高竿，出榜晓示曰："故行小斛，盗窃官粮，谨按军法，因此斩之。"而乃瞒过三十万人，尽皆无怨。

显然，王垕这个名字是罗贯中安排的，为了把故事讲得逼真、具体而已。我们也姑且认可王垕这个名字吧。曹操杀王垕，我们觉得曹操太缺德了，怎么可以这么坏？而曹操却为能用一颗王垕的人头平息三军情绪、激发军队的斗志而感到自豪与骄傲。他一定是自言自语地说：吾之妙计也！说到此处，我们对比一下：人与兔子何异？

曹操奸诈、多疑，一生冤杀许多人。杀名医华佗，开始觉得华佗提出给他开颅是要害他，是要替关羽报仇。后来，知道华佗不是害他，但他也要杀华佗，理由是华佗不想给我曹操看病，也不能让华佗给别人看病。还有，他夜里假借梦游杀侍卫，也很让我不齿。曹操虽然霸道，但他知道自己干了太多的坏事，尤其怕众人说他篡汉，所以心虚，总觉得有人会暗杀他（他曾暗杀董卓未遂）。为了防止别人对他的暗算，他曾对卫士们说：吾有梦里杀人之习，尔等勿在吾睡觉时近我。他要求亲兵护卫们在他睡着时千万不要靠近他，否则有可能会被他杀死。有一次，曹操睡着了（或者是假装睡着了，故意蹬被子落地），他的被子落到了地上，一贴身卫士慌忙跑去帮曹操盖上。不提防曹操一跃而起，拔剑猛击过去，该卫士当即毙命，曹操又倒回床上去呼呼大睡。到天亮他醒来时，看见该卫士的尸体，曹操假装感到非常惊讶。连忙问这是怎么回事，其他卫士告诉他，在夜里他如此如此这般这般地杀了那个卫士的实情。曹操看着那个卫士的尸体失声痛哭（哭得和真的一样），拍着自己的脑门说：我说过不要在夜里靠近我嘛，怎么不听话呢！然后，下令厚葬了那名卫士。

那个卫士有多冤！但是，曹操早就下定决心，要在夜里用这样的方式杀一个卫士，以警戒他人。还好，这个被冤杀的卫士，用一条命换来了几声曹操的假哭，如果是一只兔子，连假哭都换不来。

假哭，假笑，都是奸诈之人的看家本领。

那个仓库保管员冤死之后，罗贯中觉得，怎么也要留个姓名吧，不然后世骂曹操时，都说不出被冤杀之人的姓名，好像就不太真实了，于是就给这个仓库保管员取名：王垕。

垕，同厚。忠厚，仁厚，宽厚。历史上被冤者，大多忠厚、仁厚、宽厚。

说一千道一万，王垕仅是封建社会里被当作兔子一样任意杀戮的千万分之一而已。

水 镜 之 荐

《三国演义》第三十四回《蔡夫人隔屏听密语 刘皇叔跃马过檀溪》，写的是刘表夫人蔡氏偷听到刘备反对刘表"废长立幼"，便指使蔡冒在襄阳设计杀掉刘备，伊籍密告刘备，刘备急匆匆地拉起"的卢"马就往西门跑。西门外是一条大河"檀溪"，后有蔡冒追兵，前有檀溪，这"的卢"马竟一跃而起，"的卢乃踊三丈，遂得过"（晋代郭颁《世语》），把刘备驮过了西岸。刘备单身匹马找到一户门面修建得较好的人家想找口饭吃，借个宿。这就引出一位高人——司马徽，人称雅号"水镜先生"。《三国演义》至此才开始好看起来。

"马跃檀溪"究竟有没有，我不敢说。反正，在汉代的史料里没有记录，到了晋代才有几则略显玄虚的描写。但是，司马徽这个人肯定是有的。《后汉书》《三国志》都有对司马徽的记述。司马徽，字德操，号"水镜先生"。司马徽在正史里露面不多，在《三国演义》里出场也不多（第三十五回至第三十七回）。但是，每次出场都要说几句让故事深入下去的话。比如，他见到刘备到家里来借宿，一方面表扬刘备的仁德，必成大事；一方面推销他的两个学生，而且是硬广告："卧龙凤雏，得一人可安天下。"

关于师生关系，在社会生活中常常有两种情况：有人以老师为荣，比如我就看到过几个画家，在自己的作品上钤一方印"××门下""××门生"，我们都厚道地理解为是以老师为荣，而不是抬出老师吓唬人。还有的人，以学生为荣。比如孔子，经常赞美子路、颜回等。当然了，还有我要说的这位水镜先生。

水镜先生以学生为荣，并不怕有虚假广告之嫌，极力夸大学生的能量，"得一人可安天下"。其实，后来这两个人刘备都得到了，刘备得没得到天下我就不多说了。水镜先生居襄阳，是东汉末期的一位名士，他身边也围绕着一些名士。那时的襄阳是各路人才的集散地，《三国演义》一百二十回的故事中，就有三十二回发生在襄阳境内。三国时期，共有五大谋士：北水镜、南凤雏、东卧龙、西冢虎、中幼麒。北水镜就是司马徽，南凤雏就是庞统，东卧龙是诸葛亮，西冢虎是司马懿，这四人都在襄阳生活过，而且都是水镜先生的至交。（坊间有传说，司马懿是司马徽的侄子，我没找到证据。）只有中幼麒姜维年龄小些（是诸葛亮的学生），也没在襄阳生活过。（这五位中，有三位是蜀汉刘氏的人，一位是刘备朋友，一位是蜀汉刘氏的对手。）

再说刘备在水镜先生家，听了一通高论，就迫不及待地要求水镜先生跟他去干事业。水镜先生说，我懒散惯了，无意仕途，你去找我的学生吧，他们都等着明主，一展身手呢。后来，徐庶被曹操骗至曹营前，徐庶又向刘备推荐诸葛亮，这才有了"三顾茅庐"。

顺便说几句，"三顾茅庐"在《三国演义》中是一段非常精彩的故事，一顾不遇，二顾留函，三顾才有"隆中对"。但是，这段故事却是罗贯中凭想象推演而出的。《三国志》关于"三顾茅庐"仅有一笔："由是先主遂诣亮，凡三往，乃见。"

水镜先生确实是个懒散的人。史料记载，司马徽从不说别人的短处，与任何人说话时也从来不问别人的好恶，见谁都说好话。他对什么事都说"好"，连有人通知他儿子的死讯，他都说："好，很好。"他是个出名的"好好先生"，或者说，是个典型的谁也喊不醒的"装睡"先生。"好好先生"这句成语就是由他而来。

水镜先生诚恳地向刘备推荐诸葛亮，是真心希望刘备能得到天下。这时他不是懒散的，是醒着的，表现出他慧眼通透的一面。所有在口头上说懒散和外在表现出装傻的雅士大儒，都是"外松内紧"的，都是静观世态、足不出户却知天下事的。所谓"世外高人"者也。水镜先生认准了刘备，也认准了诸葛亮，认准了他们合作能成大事。（我觉得，他还有一种想法，就是不忍看到曹操轻松地篡汉。）而诸葛亮跟随刘备后，也真是展现了经天纬地之才，把蜀汉治理得波澜壮阔，指挥军队把曹魏集团闹得晕头转向，只可惜天不遂人愿，三国中蜀汉第一个被曹魏所灭。其实，在诸葛亮出山跟随刘备后，水镜先生曾预言般地说过："孔明虽得其主，未得其时啊！"这一预言，和诸葛亮未出茅庐已知"天下三分"是一样的。这就是把书读通读透的预判能力，也是窥一斑而知全豹的能力。可谓上知天文，下知地理，前后各知五百年。其实，人类社会的事是有运行规律的。"分久必合，合久必分"是一种，"否极泰来"也是一种。种种，种种，不再列举。

曹操攻破荆州后，胁迫司马徽出来做官。司马徽半推半就，像徐庶进曹营一样，不出一计，不设一谋。司马徽、徐庶这些人，心里装的是"汉"思想，所以肯帮刘备，不愿意帮曹操。公元208年，即曹操夺得荆州不久，司马徽因病去世。司马徽在历史上被记录的事情不多，如果他没向刘备推荐诸葛亮，大概一生也没什么惊人之举。

没有司马徽向刘备推荐诸葛亮，诸葛亮不被"三顾茅庐"感动，后面的历史肯定是不一样的。我又在说废话：一些偶然和必然的结合，才完成了现实的历史。

曹冲之慧

中国历史上是不缺神童的。

《三字经》中："融四岁，能让梨。"说的是孔融四岁的时候，就知道长幼秩序。汉朝是很讲究长幼伦理的，小孩子懂得长幼秩序是必修课。我估计因为孔融是孔子的后代，才把"让梨"这个事儿写入《三字经》，用孔子的后代做典型人物来教育他人。孔融成人后，也没有过什么大成就。他作为东汉末年的文化大佬，只看到一篇《荐祢衡表》，后来就被不理睬长幼伦理的曹操给杀了。

还有一个神童叫甘罗，他十二岁就是秦国的上卿（相当丞相）。主要成就是出使赵国，翻动三寸舌，不动一刀一枪让秦国获得赵国十几座城池。后来嘛，后来这个人就不知所踪了，在史册上再也找不到甘罗的影子。

至于家喻户晓的骆宾王六岁咏出了"鹅，鹅，鹅"与七岁的司马光砸缸，都属神童之列。其实，历朝历代都会出现一些"神童"。所谓"神童"，无非是童年聪慧，并能做出超出其年龄的事儿。比如，我接下来要说的曹冲。

大家对曹冲的认识一定是"曹冲称象"。假如我告诉你，用船称象这件事儿不是曹冲的发明创造，你是不是觉得我这人有点儿搞怪或阴暗？但是，事实如此。在春秋时期，就有用船称大猪的记录了。六岁的曹冲读了那些书并记住了，而且，还能活学活用地用来称象，这就是聪慧。

《三国志》确实讲述了曹冲聪明、伶俐、豁达、仁厚、智慧的一些事儿，让众人羡慕，更让曹操非常喜爱，经常当着众人夸赞曹冲，而且是不遗余力地夸。为此，曹操已经有了传位给曹冲的准备。但是，苍天常常不佑神童或天妒神童，曹冲十三岁就得病死了。曹冲得了什么病？找不到答案。有一种说法认为，是曹丕为了夺王位下毒害死了曹冲。这个说法不可靠。曹操的家教很严，他的儿子们在他面前都很乖，表现得很团结。曹操活着的时候，曹丕绝不敢伤害弟弟们。就是在曹操死后，曹丕也不忍心杀曹植。所以，曹冲是得病死的。还有一个证据是，曹冲死后，曹操说："如果华佗不死，仓舒不会死。"仓舒是曹冲的字。由此，可知曹冲是病死的。哈哈，我又想心底泛坏水儿了。华佗是曹操杀的，曹操却说若华佗在就能救曹冲。那么，是否可以说，是曹操害死了曹冲呢？有人总结曹操，说他一辈子有五大错误，即：睡错一人，看错一人，留错一人，杀错一人，夸错一人。曹操有喜欢别人老婆的嗜好。（据说男人都有这个嗜好，所谓：老婆是别人的好，孩子是自己的好。）张绣投降后，他当晚就把张绣的婶婶招到床上，惹得张绣愤怒难当，当夜趁曹操贪恋枕席之欢时起兵偷袭曹营，结果大将典韦和长子曹昂阵亡，这就是"睡错"了；大将于禁跟随曹操三十多年，但是，在关羽的青龙偃月刀面前却投降了，这是"看错"了；司马懿有异心，曹操早就有察觉，也提醒过曹丕，几欲杀之，又懒得找理由，就留给了曹丕，结果曹魏政权被司马家族所得，这是"留错"了；曹操杀华佗，他自己都承认是"杀错"了；对曹冲夸得太猛烈，遭天妒人嫉了，使得曹冲早夭，这是"夸错"了。

有一段小故事，足见曹操对曹冲的热爱。曹冲死时，曹操极为哀痛。曹丕来宽解安慰曹操，曹操对曹丕说："这是我的不幸，却是你们的幸运啊！"意思再明确不过了。曹冲活着，哪有你们这些笨蛋称王的机会啊。曹冲死后不久，曹操就把另一个"神童"周不疑杀了。周不疑常和曹冲一起读书、玩耍，也是极为聪慧。曹冲一死，曹操见到周不疑就会想起曹冲。曹丕曾劝曹操，不要杀周不疑这个孩子。曹操说："这个人留下，将来你是玩不转他的。"

无论从正史还是在野史中，读到的曹冲的确有"神"的一面。《三国志》：曹冲"少聪察岐嶷，生五六岁，智意所及，有若成人之智"。

曹冲的少年老成、处事持重、宅心仁厚等，不仅超出了他的年龄，而且超出了许多成年人的处事经验。我觉得，很可能是曹操经常把他带在身边，让他耳濡目染了曹操处理事务的风采和方法，所以才做出了一些令人惊叹的举动。当然，聪慧是肯定的，对人间世事关注和入心更为重要。当下，我们看到太多聪慧的孩子玩物丧志了。所谓"志"，未必是幼年就关心国事、政事、天下事，但一定要从小就懂得人类的事，懂得"让梨"。

曹冲死后，曹植写了一篇悼念弟弟的小赋，有情，有节，有小世界，有大人生。我把最后一段录在这里，可反复地品味："惟人之生，忽若朝露，促促百年，蘦蘦行暮。矧尔既夭，十三而卒；何辜于天，景命不遂。"

司马懿之心

　　罗贯中在《三国演义》中，把"空城计"嫁接给了诸葛亮和司马懿的斗法，而且嫁接得严丝合缝，让读者们都相信，"空城计"这事儿就是诸葛亮干的。尤其是通过这一节，完整地揭示了诸葛亮和司马懿的个性特征和内心世界。

　　大多数读者读到这一节都叹服诸葛亮用计得当，完全镇服了司马懿。诸葛亮之伟大、智慧、镇定等等，是神的化身；司马懿之多疑、狡诈、胆小等等，是小气鬼的化身。罗贯中的《三国演义》是褒刘贬曹的，这是尽人皆知的事儿，这一观点影响了几千年。至今，许多老百姓都认为刘备是正宗的皇帝，曹操是窃国大盗。自古以来都是胜者王侯败者寇，而刘备败了，被曹魏统一了，人们依然为刘氏叹惋，并憎恨曹操。这大抵是因为刘备是汉室后代或认为刘备是"匡扶汉室"者。至于"仁厚""爱民"，曹操与刘备大致一样，这是政治家必备的素养和策略。

　　关于诸葛亮和司马懿谁高谁低，我认为他们是旗鼓相当的一对儿。

伟大的人一生很难找到对手，诸葛亮一生只有一个对手就是司马懿。当然，司马懿也只诸葛亮一个敌人。所谓对手，不仅是能力上旗鼓相当，重要的是双方相知、相惜。

回到《三国演义》的"空城计"上来。"空城计"是因为马谡"失街亭"。"失街亭"让纸上谈兵者、空谈误国者显现了原形，大军溃败，大家在唏嘘中等待诸葛亮该怎么办时，"空城计"来了。诸葛亮摆放香案、琴桌，四门大开，司马懿大军拥至城下。诸葛亮抬眼看了看司马懿的大军，闲若无事，悠悠然抚弦以弹。我曾在一篇文章中说，诸葛亮在城楼上弹的应该是《幽兰》。

《幽兰》相传是孔子所作。蔡邕《琴操》云："孔子历聘诸侯，诸侯莫能任。自卫反鲁，过隐谷之中，见芗兰独茂，喟然叹曰：'夫兰当为王者香，今乃独茂，与众草为伍，譬犹贤者不逢时，与鄙夫为伦也。'乃止车援琴鼓之云：'习习谷风，以阴以雨。之子于归，远送于野。何彼苍天，不得其所。逍遥九州，无所定处。世人暗蔽，不知贤者。年纪逝迈，一身将老。'自伤不逢时，托辞于芗兰云。"这段文字诸葛亮一定是看过的，也一定是深有感触的。当然，我确实曾在某本写诸葛亮的书中看到过诸葛亮喜弹《幽兰》。而此时，在空城之上，诸葛亮怎么能不弹《幽兰》呢？

琴声不紧不慢地传到司马大军的耳朵里，传到司马氏父子的耳朵里。此时，司马懿手搭凉棚看了一眼诸葛亮，诸葛亮也抬眼看了看司马懿。我相信，两个人一定对视了几秒钟，并且心照不宣。诸葛亮猛地将一根弦拨断，让琴声露出杀气。司马懿把手向后一挥：撤！

司马懿真的认为城里有埋伏？否！

司马懿非常清楚眼前的这座西城是空城，可是，他并不想冲进城去活捉诸葛亮或者杀死诸葛亮。诸葛亮是对手没错，但对手都是互相依存的。如果司马懿冲进城杀了诸葛亮，曹魏政权的曹睿还有让他司马氏家族存在的必要吗？何况，曹操早就告诫子孙要防备司马懿了。

罗贯中在《三国演义》第九十一回有如下描述："先时太祖武皇帝（曹操）尝谓臣曰：司马懿鹰视狼顾，不可付以兵权；久必为国家大祸。"但是，因为有诸葛亮的存在，曹魏政权就有危机感，而能与诸葛亮匹敌的只有司马懿。曹魏政权是用司马懿来对抗诸葛亮的。司马懿若杀了诸葛亮，岂不是"飞鸟尽，良弓藏，狡兔死，走狗烹"？所以，为了自己一家的生存，司马懿要保障诸葛亮活着，至少在一定时期内活着。司马懿确实心有大志，他要的不是一城一池一个诸葛亮，他要的是天下。他看到曹魏政权的弊端，也看到了司马氏家族的未来。他现在要借与诸葛亮对抗来壮大自己的势力、培养后代的各种能力。所以，诸葛亮不能死，或者说诸葛亮要为他和他的家族活着。

诸葛亮敢设空城计，对司马懿的心理活动也是了如指掌，知道司马懿要依靠他活着，不会杀他。所以，他泰然自若地抚琴。他们互相对视，内心会意。司马懿只等诸葛亮一个动作就撤兵。于是，那根琴弦断了，司马懿走了。

知诸葛亮者司马懿，知司马懿者诸葛亮。

人生难得一知己，无论朋友还是敌手。

蔡邕之秋

听到一首古琴曲《秋月照茅亭》，乐曲中有大气象，透着孤冷、孤寂与孤傲，曲终仍有余音，绕耳缠心。相传，此曲是东汉蔡邕所作。之所以说是"相传"，因为还有左思所作一说。我也相信，左思能作出这样的琴曲。但是，在史册上大多认为是蔡邕所作。

我有怪癖，凡历史上有争议的事儿，我都感兴趣，喜欢查个水落石出。《秋月照茅亭》有五段词，读过之后，我也认为此曲是蔡邕所作。左思与蔡邕在才华上是伯仲之间，心境上也大体相似，而遭遇却大不相同。

关于古琴曲我是外行，不敢多说。但是，面对诗词我还是敢评头品足的。诗词是个人生命经验和情感经验的反映，《秋月照茅亭》的第四段词是左思写不出来的。不是左思才情不够，是没有这种经历。请看这段词：

诉心——

月下茅亭客，天涯万里心。谩沉吟，寥寥怀抱
古尤今。凉露夜骎骎，楚云深。西风何处谩敲砧，羁
情旅思最难禁。更怜更漏沉沉，无可意，少知音。
兔魄光千里，梅人影一林，高人良夜幽寻。一乐
堪任，弄晴阴，秋光暗碧岑。忆登临，优游缓步，
消条烦襟。晚云落叶气萧森，商音啊细听，美酒啊
频斟。

这是被朝廷贬责、流放旅途中的忧思与孤愤，左思没有
这种遭遇。于是，可以断定是蔡邕作了这首曲子。当然，这
些词是不是作曲人的原配词，也难说。后人伪作的事俯拾即
是。比如：岳飞的《满江红》。没有人敢确定地说就是岳飞所
作，也没有人愿意说这不是岳飞所作，可能是杨慎所为。

蔡邕是大才子，其书法的造诣很深，是当时书写汉隶的
翘楚，还是"飞白"的创造者。他懂天文地理、通历史、知经
学，尤擅诗词曲赋。但在当时，他却因擅鼓琴而名扬天下。当
然，那时的所谓"天下"，就是官家和富人圈。于是，皇帝
们纷纷请他入朝为官。他一边惧怕在朝廷的权力机关里不习
惯，一边又带着满腔热血忧国忧民的雄心壮志。所以，第一次
在汉桓帝召他去当官的路上就打了退堂鼓。接着，第二次还
是去当官了。一介书生和一群尔虞我诈玩权术的人在一起厮
混，受害是肯定的，被贬也是情理之中的。

蔡邕曾写过一篇很著名的文章《释诲》。文中提醒自己

要"警惕""自勉"。但是，文人的通病是在纸上清醒，现实中糊涂；纸上英雄，现实中软蛋。

蔡邕在汉灵帝时，又被召入朝为官。灵帝很看重他，向他问政，他真的就有受宠若惊的感觉了，觉得自己的才情、抱负、理政治国的方略等等可以付诸实践了。于是，就"密奏七事"，从自然到人文，从政治到文化，从权谋到民生，从用人到各个岗位安排等等无所不含。而且，还告诫汉灵帝：圣上您可要小心啊！"政悖"则"德隐"啊！看看，整个一副要替天行道的架势。

汉灵帝拿着密奏一条一条地看，突然尿急要如厕（据说历史上大多数皇帝都有尿急的病），而此时，皇上的侍从曹节在侧，趁灵帝撒尿的时机把蔡邕的密奏看了。估计汉灵帝属于尿滴沥尿不净那种，曹节把密奏看完了，灵帝才从厕所走出来。曹节及其一党极不喜欢蔡邕，于是，就把密奏的内容传了出去。蔡邕要让皇上从新安排人事？这下犯了众怒。匿名信一封一封地送到汉灵帝的案头，匿名信都是要往能置人于死地那般狠狠地编造！灵帝虽然半信半疑，可是，三人成虎啊！何况文武官员那么多反对蔡邕的。皇帝要的是江山稳固，或者说他能稳稳地坐在龙椅上，其他都不重要。蔡邕的对错且不论了，先安抚百官吧。于是，把蔡邕下到大狱里。好在灵帝下诏：免死。

第二年大赦，蔡邕出狱不久又被举报，吓得蔡邕赶紧举家逃到浙江去了。这一逃就是十二年。

蔡邕有一则传奇的故事。任将作大将的阳球欲害死蔡邕，买了一个刺客去杀蔡邕。面对刺客时，蔡邕坦然镇定地给刺客讲经论道，什么仁义礼智信啊，什么世道人心啊，等等，竟把刺客感动了，收起屠刀，对蔡邕揖礼而去。看来那时的刺客也是知书达理的，或许那个刺客真的读过蔡邕的《述行赋》或《青衣赋》。

史书上说蔡邕逃到浙江一带，没说具体地点。我记得绍兴附近有个"柯亭"，柯亭边建有一座"汉蔡中郎祠"。据此，能否确认蔡邕是逃到了绍兴一带呢？算了！这不是我操心的事儿。本来天下事，都是"江山留给后人愁"的。

蔡邕逃亡这十二年创作了大量的诗词曲赋，《秋月照茅亭》就是那个时间所作。

还要说一下，这个世界上唯一的一张古琴：焦尾琴。

蔡邕在浙江时，到一个农家院去吃饭，院子里点着一堆篝火。突然，火堆里发出一声炸响，音质很好。蔡邕赶紧从火堆里把那块木头抽了出来，制成一张琴。琴做好后，琴的尾部还留有一块烧焦的痕迹，故称做"焦尾琴"。据史料载，这张琴南唐后主李煜还拥有过，明代以后就不知所踪了。

这张焦尾琴的木头是桐木。此后，琴家就开始用桐木制琴。至今人们看到的古琴，大多是桐木做的。

东汉末年，董卓欲天下独霸，就广招贤士为他服务，听到蔡邕躲在浙江的消息后，命令当地太守威逼利诱，让蔡邕入朝辅佐，并说："我有灭人三族的权力，蔡邕就算骄傲，也是不过转足之间的事而已。"蔡邕顾及一家老小的安危，只好到长安上任。蔡邕懂得一个常识：和懂道理的人可以讲道理，和不懂道理的人是无理可讲的。

董卓看到蔡邕来辅佐十分高兴，觉得身边有了知识分子和智囊团了，一个月内连续给蔡邕升了三次官。

董卓和蔡邕有两件事儿可以提一下。《古今刀剑录》上有如下文字："董卓少时耕野，得一刀，无文字，四面隐起作山云文，劀玉如泥。及卓贵，示五郎官蔡邕，邕曰：此项羽之刀也。"

《后汉书》还记载了一件事儿。初平二年（191年）六月，长安发生地震，董卓问蔡邕是怎么回事。蔡邕对董卓说："地动，是阴盛侵阳，臣下不遵守国家制度引起的。前春天郊祀，公奉车驾，乘金华青盖，爪画两箱，远近都认为不合适。"董卓听了蔡邕的话之后，真的改乘皂盖车了。

这两件事儿，足以证明董卓对蔡邕的重视和信赖。

董卓死后，有一次，王允请一些官员到府上吃饭，席间提起了董卓，蔡邕连声慨叹，大有惋惜之色。王允大怒，斥责蔡邕：董卓是逆贼，你是汉臣，竟为逆贼惋惜！于是，把蔡邕送进大牢，不日便被杀死。

蔡邕这个书生，从历史的角度看，死得有点儿冤枉，但从当时的现实来说，也该死。无原则、无立场地感恩，不合时宜地释放感情，甚至在大是大非面前还在念及个人情感，惹来杀身之祸也是必然。他一生写的文章都是劝告书生们警惕官场、远离权力中心。可是，当权者给他一点儿小恩宠，他也会得意忘形。汉灵帝时，他被送进监狱，没死。到了王允这里，终没能躲过去。

　　呜呼！蔡大才子！

糜芳之叛

　　关云长这个人，孤傲，高冷，蛮横地自信，虽有些文韬武略，也不算成功人士。但是，历朝历代，从皇上到百姓都喜欢他，封他为神，封他为帝。在中国土地上修建的庙宇，可以和儒、释、道相媲美的论数量，就是"关帝庙""关圣庙"了。各个时期兴建的关帝庙在全国各地都有，甚至东南亚、欧洲、非洲都有。何也？盖因其忠义。"忠义"二字说起来容易，做起来极难。有史以来，够得上"忠义"的人真是凤毛麟角。所以，各朝各代都希望本朝出几个忠义之士，为本朝名彪青史。于是，为关云长建庙、封帝，让大家去朝拜、学习。据说，各地的关帝庙香火都很旺。蓬莱关帝庙有一副对联，我录在此处，可见一斑："汉封侯宋封王清封大帝，儒称圣释称佛道称天尊。"

　　大家都知道关云长失荆州、败走麦城，被东吴一个小偏将马忠用绊马索绊倒，最后被孙权所杀。民间都说关云长是"大意失荆州"。好吧！我也承认关二爷是大意了。可是，大意在哪儿呢？不是军事部署大意了，是用人大意了。或者说，荆州之失，是关二爷的内部人将荆州奉送给了孙权。吕蒙乔装打扮、白衣渡江、偷袭烽火台。但是，并不是得到了荆州，当留守荆州的二位大将傅士仁与糜芳投降，吕蒙才不费一兵一卒将荆州唾手而得。或者说，傅士仁与糜芳的投降，直接导致了关羽的被擒与被杀。

在史料上，关于傅士仁这个人基本没有记载，因投降孙吴献荆州才有几笔。《三国志》陈寿在其他人的传记后补了一笔："士仁字君义，广阳人也，为将军，住公安，统属关羽，与羽有隙，叛迎孙权。"伏笔是"与羽有隙"。其他史料说，关羽瞧不起他。傅士仁在关羽手下被轻视，有逆反情绪是正常的。可是，另一位投降的糜芳就不一样了。糜芳是刘备的二舅哥，跟着刘备颠沛流离、走南闯北几十年，尽管关羽也瞧不起糜芳，但糜芳于公于私都没有理由投降。

假设糜芳坚守不降，关羽返回，还有生机，甚至可能还有对吕蒙的反击。但是，糜芳降了，关羽无处可去，才栖身弹丸之地麦城，才在从麦城仓皇逃奔成都的路上被擒。咱们不谈假设，谈谈糜芳为什么会不动一兵一卒地投降。

糜芳是徐州大户人家的子弟。所谓大户人家，就是在政界、商界、军界甚至匪界都能吃得开。和平时经商，战乱时从军，这是规律。青少年时期，糜芳就跟着他大哥糜竺追随刘备。这哥俩还做主，把唯一的妹妹嫁给了刘备。刘备到四川前一直是起起伏伏，糜芳也不离不弃地跟随。直至刘备筚路蓝缕地做了汉中王，糜芳也在荆州做了南郡太守。按说，糜芳对刘备的忠诚度绝不该比关羽差。刘备把糜芳安排在南郡与关羽一同守荆州，有把他当做家属在荆州监军监政的用意，对糜芳的信任应该和对关羽是一样的。尽管关羽看不上糜芳，也绝不会对糜芳动粗动刀枪。（刘备的舅哥，关羽会忍气吞声地尊重的。）但是，刘备忽略了一个问题，糜芳虽然跟着他的大军东奔西跑（其实是跟着他哥哥糜竺），可从来没有独当一面过，更没有两军阵前厮杀或带兵攻城略地的经历。糜芳一直是行政系统的小官，当面对城下的东吴大军时，一下晕了头。守怎么守？打怎么打？搞不好要掉脑袋的！是的！打仗是要掉脑袋的。可是，已经人到中年的糜芳刚开始享受生活，怎么能掉脑袋呀？在想保命的时候，他就忘了保节尽忠。

其实，糜芳的心里是没有"保节尽忠"这个概念的。他没有，也认为别人不会有。在长坂坡刘备被曹操追杀得七零八落时，赵云冲入敌阵寻找、抢救阿斗和刘备的夫人，糜芳就对刘备说："子龙看主公势微，投奔曹操去了。"幸亏刘备不信，才等到赵云七进七出抱着阿斗回来。

忠义在很多人心里并不是值钱的东西，平日里拿来喊喊口号、做做样子，讨讨上级的欢喜还行，真到了关键时刻要舍生忘死地尽忠，恐怕没几个人能做到。古今中外，这样的例子太多了。有道是：好死不如赖活着啊！人的一生确实只有两件大事，生与死。高于这两件大事的，就是精神的高贵。糜芳在关键时刻，选择了肉体的生，也选择了精神的死。

陈寿在《三国志·糜竺传》中顺带评价了一下糜芳："芳为南郡太守，与关羽共事，而私好携贰，叛迎孙权，羽因覆败。""私好携贰"？自私且为人处世都携有二心。这种人怎么能做到仁义礼智信？陈寿把关羽的失败与被杀完全归罪于糜芳。关于糜芳的投降，千年来有过许多讨论。有人说，糜芳手里还有于禁的三万降兵，用他们打孙吴，根本不用动员就是生力军，为什么要降？还有人说，南郡城里的军队守城三天肯定没问题，那时关羽就回来了，为什么要降？我理解这些说法是，痛心关羽被杀。更痛心的是，被刘备信任的糜芳竟能顺利投降！不是人心难测，是一些"私好携贰"的人，专门利用被信任而"私好"。

有人猜度，糜芳是想诈降，等着刘备过来或打或谈时，他再回来，先保住性命。可没想到，孙权把关羽杀了，糜芳就回不来了。这种可能是有的，糜芳这种"携贰"的人，是不会在意名节的。

糜芳投降了孙吴，屡遭讥讽、羞辱。偷袭荆州时，东吴的军前参谋虞翻，回到东吴就当众讥讽糜芳："失忠与信，何以事君？倾人二城，而称将军，可乎？"虞翻还有几次羞辱糜芳的话都挺狠，但是，糜芳顽强地活下去了。

历史的经验告诉我们，投降变节的人最终是"姥姥不亲，舅舅不爱的"。糜芳在东吴坚定地活着，他哥哥糜竺在成都却因他的投降羞愧而死。

两军交兵，投降的事儿经常发生。但是，像糜芳这种被无限信任的人投降，又造成这么大后果的，不多。更重要是，糜芳的贪生怕死，与关云长在曹营时拒绝高官厚禄、金钱美女、千里走单骑寻兄的反差太大了。

从古到今，"私好携贰"的人很多，也防不胜防，我们唯一能做的事，就是别轻易地信任人。

现在，是不是可以解释为什么关帝庙的香火很旺了？人们都在祈盼多一些忠义之士，少一些心怀鬼胎的奸佞。亳州关帝庙内，原来有一戏台，廊柱上有一副对联："一曲阳春唤醒今古梦，两班面目演尽忠奸情。"

行文至此，窗外飘起了己亥年的第一场雪。罢了，出门看雪去。

马忠之索

　　经常看到一些"鸡汤"、也可以称作励志的文章，说成功属于那些做好了准备的人。这种话当然正确，因为已经是常识了。但是，并不是所有的准备都能成功。也就是说，积极准备的结果难说是什么。而且，就是为了成功才去处心积虑地准备，大多以失败而告终。目的性太强，失败的概率就大。准备固然重要，更重要的是机会。其实，成功是属于那些能抓住机会的人。我说这些话是常识，更是废话。

　　汉末三国时，有个无名小辈抓住了一次机会，做了一件撼动历史的事儿，成就了自己的青史留名——那就是活捉了威震三国的关羽关云长。这个人叫马忠。

　　马忠，仅是东吴并不耀眼的将领潘璋部下的低级军官，捉到关羽之前没有任何个人资料在史册上记载。哪年生，哪儿的人，怎么当的兵，有过什么战绩，皆是空白。如果他没活捉关羽，可能在东吴的史册上都不会有记载。可是，他抓到了关羽，就进入了正史以及野史。他能活捉关羽，是他自己都不敢相信的一次机会。他捉到关羽后，向星空高呼："天赐我建功也。"

关于马忠捉到关羽之前的情况，我就不多说了，《三国志》上有，《三国演义》渲染得也很充分。我想说的是，马忠活捉关羽的具体可能。其一，关羽被绊倒之前，先后与东吴七员大将厮杀（孙权为夺取荆州派出了最强的军事阵容），俱是三五回合便把东吴的大将击溃。但是，从麦城带出来的二百战士经过几场拼杀，仅剩十余人。关羽与赤兔马都有点儿精疲力竭；其二，关羽被东吴军队多次围堵，不得已"望临沮小路而走"。关羽在前，关平断后。当然，把关羽围堵到这条小路上，是吕蒙设计好的；其三，关羽从麦城突围前，把贴身侍卫周仓留在了麦城（周仓在关羽身旁马忠真未必能得手）；其四，那时的赤兔马已经是一匹耄耋之年的老马，速度、力量和爆发力可能都不如普通的战马（下面我要说说马）。综上四条，缺一马忠都很难有活捉关羽的机会。

关于战马，科学的解释是：马的寿命一般在二十到三十岁之间。而赤兔马被马忠绊倒时，已经是三十岁开外了。公元189年，董卓把赤兔马送给吕布，吕布骑上就能作战，那时赤兔马应该在五岁左右。关羽被捉是公元219年，如此一算，赤兔马被绊倒时已经是三十五岁左右了，是接近科学数据设定的马的寿命终点的年岁。所以，赤兔马在遇到"长钩绊索"时没有了威风，一绊就倒。于是，关羽被活捉。值得肯定的是，关羽从马上摔下以后，是马忠一个饿虎扑食的动作将关羽压在身下，士兵们才拿着绳索把关羽绑缚结实。估计，那时赤兔马和关羽都已经疲惫不堪，连招架之力都没有了。

科学数据似乎有很强的真理性，但是，冥冥之中不可捉摸的命运与定数也在不断地挑战真理。我是个唯物主义者，有关科学无法解释的带有玄秘的有悖于科学的事例就不多说了，接着说关羽和马忠。关羽的惨败，表面上是曹魏与孙吴联合、前后夹击所致，其实内在的因素是关羽刚愎自用的性格所致。性格即命运啊。《三国演义》中有这样的描述：当诸葛亮把荆州的印信交给关羽时，关羽说出了"万死不辞"。一个"死"字，让诸葛亮深感不祥。诸葛亮活着时就是半仙之体，而关羽是死后才被封成神的。也许这一个"死"字，道破了关羽在荆州的定数。（写到此处，我的身体也一阵阵发冷。"死"是一个不可轻易出口的字。）

关于马忠活捉关羽，看到一些"野论者"的雄文，说马忠是三国时期第一武将。一是擒关羽；二是一箭射伤黄忠，最后导致黄忠死亡；三是大战关兴和张苞未败；等等。好像马忠的武功在"三国"里不排第一也是前三名。这些朋友说得有理有据、有模有样，这实在是"三国"迷们的臆想和猜度。史载，老将黄忠因衰老而病逝于成都，根本没受过箭伤。而马忠与关兴、张苞作战，在《三国演义》上确实有描写，但那是罗贯中为了让马忠的形象更完整一些，也是为了把故事引向深入。即使罗贯中把马忠又请出场来作战，马忠也没战胜过无论关兴还是张苞一个回合。《三国演义》中，马忠的结局是被降将傅士仁和糜芳所杀，并将其头颅献给了刘备。这是小说的情节需要，不是历史的真相。古人打仗是将对将、兵对兵，要讲究"门当户对"。马忠的级别根本没资格与黄忠、关兴、张苞单独对阵。

马忠在历史上的最后一次出场，是在孙权杀掉关羽的同时，此后再无出场纪录。"关公既殁，坐下赤兔马被马忠所获，献与孙权。权即赐马忠骑坐。其马数日不食草料而死。"我觉得，与其说是马忠出场，莫如说这是交代赤兔马的结局。老马识途，好马认主。赤兔马到了马忠手里，就绝食自杀了。赤兔马死后，马忠也在史册上无影无踪了。

写到这里，我还是要赞扬马忠（尽管为关羽惋惜）。人啊，把握住一次好机会就够了！

诸葛亮之文

　　我常读的书有两本，一本是《道德经》，一本是《三国演义》。我认为《道德经》是集东方哲学之大成，《三国演义》是集东方智慧之大成。所以，这两本书是常读常新的。对这两本书多说一句，就天下的事而言，一句话就能说清楚的绝不是大事，凡大事都是"非常道"的。

　　出访国外时，我曾在国外的电视节目里两次看到外语版的《三国演义》，一次是在俄罗斯，一次是在韩国。当时，我通过翻译和当地人聊起《三国演义》，在俄罗斯或韩国观众的反映是一致的："很好！很喜欢诸葛亮这个人物！"

　　我们普遍认为诸葛亮是政治家、思想家、军事家，但我今天想说，诸葛亮还是文学家，而且是大文学家。说诸葛亮是文学家，不仅是他写了两篇前后《出师表》及《隆中对》，他还有一系列的赋体文章都很有价值，是东汉末期代表性的文学作品。清代学者张澍曾辑录了诸葛亮一百九十九篇诗文，我看了一下张澍所辑的目录，我认为有三篇非常重要的小文没有收录。哪三篇？待我慢慢道来。

文学的基本功能就是感染他人，有的放矢，摈弃伪抒情。不能感染他人的作品，是失败的。感染力，就是要在文学对象身上发生效用。我要说诸葛亮的这三篇小文，就是狠狠地在对象身上发生了效用。

看过《三国演义》的人都知道，诸葛亮不用刀枪杀死了三个重要的人物（诸葛亮的手中从来不拿兵器）。所谓："气死周瑜，骂死王朗，羞死曹真。"诸葛亮能把这三个人致死（窃以为），首先是诸葛亮有一定的医学知识。比如，性情暴躁的人，有焦虑症的人，羞耻感强的人，都容易被激怒而猝死。诸葛亮了解这三个人，所以，才用智慧杀了他们。诸葛亮杀了这三个人，为每个人都留下了一篇非常精彩的小文章。诸葛亮知道周瑜是个暴脾气，又好面子，所以才一气二气三气，在周瑜喊出"既生瑜何生亮"的感叹后，一命呜呼。周瑜死了，诸葛亮对东吴基本放心了。但是，还要让孙吴集团更加坚定地和自己站在一个立场去对抗曹操。于是，诸葛亮像悼念亲人一样，到柴桑口为周瑜吊孝。在周瑜的棺材前涕泪涟涟，哭得和真的一样，让东吴的文武百官都为之动容，并决定今后一定要"联刘抗曹"。这篇悼文，凝重而不失流畅，质朴而不失华彩，入情入理，循序渐进，情真意切。既盛赞周瑜，又痛悔自己。悼文嘛，就是读给活人听的，目的也是要感动活人。诸葛亮的这篇悼词完成了行文的任务，达到了应有的效果。有对此文感兴趣的朋友，不妨把《三国演义》翻到第五十七回《柴桑口卧龙吊丧》看看，这里就不引了。

诸葛亮骂王朗，是一次偶遇，也就是诸葛亮事先没有准备。两军阵前，当王朗出来教训诸葛亮时，诸葛亮看到这位举孝廉出来当官的老头儿，心里先定了一下。他想到，一个七十多岁脑满肠肥的老头儿肯定有高血压、高血脂、心脑血管硬化甚至可能有堵塞。于是，他迅速找到了王朗的软肋。王朗这个家族三世都是汉臣，现在王朗却做了篡夺汉室的曹魏集团的官儿，还敢来教训我蜀汉的丞相？然后，他出口成章，字字击中王朗的要害，羞他，辱他，激他，损他，一应俱全，句句精彩（就是太狠了点儿）。王朗听了，顿时血压升高，心梗或脑梗发作，坠马而死。诸葛亮这篇脱口而出的小文，真是胜过百万大军！当然，诸葛亮达到骂死王朗的目的，首先是了解王朗是个书生出身，有很强的羞耻心、荣誉感，如果是面对一个没文化的武夫或泼皮，大概诸葛亮就不会浪费自己的文采了。找准对象，才能让文字发挥作用。这篇骂王朗的檄文，这里也不引了。

最后说一下诸葛亮给曹真写的那封信。那封信是一篇好文章，我曾经背过好多次。背熟了，隔一段时间忘了，然后再背（写这篇文章时我又背了一遍）。作为男人，一个想在社会生活中做点自己的事儿并想做得好的男人，这篇小文当牢记于心的。引全文如下：

汉丞相、武乡侯诸葛亮，致书于大司马曹子丹之前：

窃谓夫为将者，能去能就，能柔能刚；能进能退，能弱能强。不动如山岳，难测如阴阳；无穷如天地，充实如太仓；浩渺如四海，眩曜如三光。预知天文之旱涝，先识地理之平康；察阵势之期会，揣敌人之短长。嗟尔无学后辈，上逆穹苍；助篡国之反贼，称帝号于洛阳；走残兵于斜谷，遭霖雨于陈仓；水陆困乏，人马猖狂；抛盈郊之戈甲，弃满地之刀枪；都督心崩而胆裂，将军鼠窜而狼忙！无面见关中之父老，何颜入相府之厅堂！史官秉笔而记录，百姓众口而传扬：仲达闻阵而惕惕，子丹望风而遑遑！吾军兵强而马壮，大将虎奋以龙骧；扫秦川为平壤，荡魏国作丘荒。

此文字字珠玑，句句杀机。就文采而论，也是绝佳的汉代小赋。全篇清隽洒脱，开合自如，通达晓畅，冷峻铿锵，鞭辟入里，思维缜密。有叙事，有论理，有对仗，有韵律，有散文，针对性强。四言、五言、七言转换自如。在东汉的小赋中，绝对是上乘之作。

《三国演义》中描述，吃了败仗的曹真躺在病床上跟自己生气。撤军吧，太丢面子；接着打，又打不过。这时，小校送来了诸葛亮的信。曹真读了信，浑身颤抖，四肢发凉，毒火攻心，双眼漆黑，立刻就毙命了。史料上说，曹真当时没死，后来病死在洛阳。且不管曹真读了这封信是不是当场死了，这篇小文章是曹真毙命的一大诱因，应该是没错的。用文章杀人，并不是文学的功能。但是，文章能做到生成感人至深的力量，什么情况都可能发生。诸葛亮就是使用了文学的这种可能性。

诸葛亮把当作武器用的这篇小文章留给了后世，让很多人受益，后世效仿者众多，真是"文章千古事"啊！

当然，有人会质疑这三篇文章是否真的出自诸葛亮之手（口），因为《三国演义》是小说，小说上所载用的文字在史学上可信度不大。况且，清代张澍整理辑录诸葛亮诗文时，并没有收录这三篇，很可能是作者罗贯中自己所为。不管是谁写的，反正我读了受益良多。还有，诸葛亮写没写这三篇小文章，都不影响他是中国历史上的一位豪杰——文化的豪杰，文学的豪杰。

祢衡之死

在武汉汉阳区莲花湖畔有一座墓，是祢衡的墓。很少有人知道，也少有人光顾。

现在家喻户晓的祢衡，是那个光着屁股敲着鼓骂曹操的祢衡。有一幕京剧，叫《击鼓骂曹》，剧中把祢衡塑造成了一位英雄。戏是用"汉"的正统思想来推演的。小说《三国演义》也是这种思想。

在史书上，我没看到对祢衡有过褒奖的词语。《后汉书》上说：祢衡"恃才傲物""人皆憎之"。那么，我就说说他为什么如此。

东汉末年，有三大"愤青"：祢衡、许攸、杨修，他们都是那种想入世的"愤青"。当然，我也没见过不想入世的"愤青"。那时，想做"愤青"是要条件的，不然没人理睬。这个条件就是通天文、晓地理、满腹经纶、才华横溢。许攸懂得审时度势，有适度的随方就圆的能力。所以，成了曹操麾下的一位重要谋士。杨修恃才但不傲物，言谈举止不过度张扬，做了曹植的老师以后，就更加行事谨慎。他把曹植培养成才子，也把他想做而不敢做的事教给了曹植。所以，曹操借一根"鸡肋"就把杨修杀了。

祢衡的出道，始作俑者是孔融。孔融是孔子的十九世孙，是东汉末年的第一大儒。汉朝是"独尊儒术"的，所以，在东汉末年，孔融是真正的"无冕之王"。孔融写了一篇《荐祢衡表》给汉献帝，文中写道："目所一见，辄诵于口；耳所暂闻，不忘于心。性与道合，思若有神。弘羊潜计，安世默识，以衡准之，诚不足怪。""使衡立朝，必有可观。""钧天广乐，必有奇丽之观；帝室皇居，必蓄非常之宝。若衡等辈，不可多得。"这封荐表到了曹操手里，曹操甚喜。那时候，汉献帝就是一个木偶，拽线的人是曹操。曹操是个有政治野心的人，希望天下英才尽归他所用，也可以说成是求贤若渴。

曹操想用祢衡，而祢衡并不喜欢曹操。祢衡认为曹操是汉贼，一请二请祢衡都不就范。但曹操有权力，逼着祢衡做了一个鼓吏。所谓鼓吏，就是在王公贵族朝廷官员们喝酒时，击鼓为乐的人。祢衡觉得这是对他的侮辱，是对他所读之书的不尊重。于是，就有了裸衣骂曹。

祢衡在大庭广众上骂曹操的辞章，我相信是祢衡事先准备好的。行文流畅，结构严谨，犀利尖刻，刀刀见血，就是要激怒曹操，让曹操羞愧难当。祢衡骂到最后，给曹操定个位："把天下名士用为鼓吏，是世间最为混浊的人。"且不论这段骂词的文采如何，就情绪而言，还是暴露出祢衡想入世当官，或说是想为国家效力。但是，祢衡表示：我可以为汉朝出力，不为你曹操出谋。当时，尽出这样的笑话。比如，关云长的"降汉不降曹"，好像关云长不是汉朝人，或者承认刘备集团是反政府武装。

祢衡骂曹，算是第一次公开亮相。彰显了性格和才华，用绘声绘色的骂声赢得了赞誉和同情。为此，曹操不能杀他。曹操理智地认定：不能为杀一个骂过我的才子而堵了其他才子来投的路。不杀祢衡，天下人会说我曹操有襟怀。作为政治家，这是最基本的素养。于是，曹操把祢衡送到刘表处，等着听刘表手起刀落、祢衡毙命的消息。

祢衡初到许都时，常常在众书生的酒谈茶叙上指点时事、评判社会名流，不含蓄、不绕弯、一语中的，把当时众生相的本质毫无避讳地揭示出来，一副愤世嫉俗的样子。在场的人一边听着过瘾，一边躲得远远地张望。祢衡的性格耿直，不巧言令色，读书读傻了。他把书中（当然是孔圣人的书）所描述的社会状态和人的品质，直接放到眼前的现实里去对号、去实践，这不是傻吗？孔圣人所描述的那种社会与人是个远大的目标，他竟没看出来；孔圣人书中说的有那么多理想化的成分，他也没看出来！更可笑的是，他认为不懂或不践行孔圣人思想的人，就不能与之交、与之共事。

在祢衡的眼里，只有两个人是可以交往的：一个是孔融，一个是杨修。"大儿孔文举，小儿杨德祖。其余的人平平庸庸，不值得提。"无论在什么时代，谁这么说话，结局一定是"人皆憎之"。文化人说是"憎"，武将们就是"杀"。

祢衡死在刘表部将黄祖的刀下。刘表在把祢衡送给黄祖时说：黄祖性情暴烈，把祢衡交给黄祖去杀吧！祢衡死时，仅二十六岁。

祢衡死之前，完成了一篇证明他才情的文章《鹦鹉赋》。细读文章才发现，祢衡并不是目空一切，不是不懂逆来顺受，而且祢衡是怕死的。"苟竭心于所事，敢背惠而忘初？托轻鄙之微命，委陋贱之薄躯。"

祢衡因才气冲天而扬名，也因目中无人而殒命。人读书是为了让自己聪明，但是，不能读到象牙塔里、牛角尖里、死胡同里。当然，读书人不能没有骨气，不能事事处处都表现得聪明，处处聪明是耍小聪明，是圆滑。耍小聪明并圆滑的人，也会"人皆憎之"。

我有一个喜欢研究星座的朋友，指认陌生人星座所属的能力非常强，差错率几乎是零。他只要听这个人说几句话，看这个人走几步路，读这个人几行文字就能判断出这个人是什么星座。我第一次见他，他脱口就说我是白羊座，我说我是毛驴座，惹得在场的人哈哈大笑，那时我根本不知道星座是个啥东西。我曾问他："祢衡是啥星座？"他依然脱口而出："和你一样，毛驴座。"可是我觉得：我没那么傻吧？不过，从那时起，我就开始提醒自己，别傻，别较真。牢记《增广贤文》中的一句话："逢人且说三分话，未可全抛一片心。"